GO, GO, GO

NELSON DE LA CORTE

GO, GO, GO

Correndo a maratona de Nova York

EDITORA
Labrador

Copyright © 2021 de Nelson de la Corte
Todos os direitos desta edição reservados à Editora Labrador.

Coordenação editorial
Pamela Oliveira

Revisão
Patricia Quero

Projeto gráfico, diagramação e capa
Felipe Rosa

Imagem de capa
Freepik.com

Assistência editorial
Gabriela Castro

Imagens de miolo
Nelson de La Corte

Preparação de texto
Mauricio Katayama

Dados Internacionais de Catalogação na Publicação (CIP)
Angélica Ilacqua – CRB-8/7057

La Corte, Nelson de
  Go, go, go : correndo a maratona de Nova York / Nelson de La Corte. – São Paulo : Labrador, 2021.
  144 p.

ISBN 978-65-5625-092-2

1. Ficção brasileira 2. Maratonas - Ficção I. Título

20-4248   CDD B869.3

Índice para catálogo sistemático:
1. Ficção brasileira

EDITORA Labrador

Editora Labrador
Diretor editorial: Daniel Pinsky
Rua Dr. José Elias, 520 – Alto da Lapa
05083-030 – São Paulo – SP
+55 (11) 3641-7446
contato@editoralabrador.com.br
www.editoralabrador.com.br
facebook.com/editoralabrador
instagram.com/editoralabrador

A reprodução de qualquer parte desta obra é ilegal e configura uma apropriação indevida dos direitos intelectuais e patrimoniais do autor.

A editora não é responsável pelo conteúdo deste livro.
O autor conhece os fatos narrados, pelos quais é responsável, assim como se responsabiliza pelos juízos emitidos.

*Aos meus filhos Carlos e Rubens,
que, como Karol, já cruzaram a linha
de chegada no Central Park.*

*Ao meu filho Sávio, que sabe o que
é uma maratona pelos 15 quilômetros
da São Silvestre.*

... andar... correr... voar...

SUMÁRIO

Apresentação 11

Promessa feita, promessa cumprida 17

De Staten Island ao final da 4ª Avenida, no Brooklyn 47

Da Lafayettte, no Brooklyn, até a ponte Queensboro,
na 59, em Manhattan 65

Da 1ª Avenida, em Manhattan, ao Bronx 91

Da ponte Madson, pela 5ª Avenida em Manhattan,
até a linha de chegada, no Central Park 107

APRESENTAÇÃO
—

O autor desta narrativa nunca correu uma maratona. Entretanto, como aficionado por esse tipo de corrida, já teve a oportunidade de acompanhar, diretamente das calçadas, várias delas: Berlim, São Paulo, Paris, Buenos Aires e Nova York. A desta última cidade, entretanto, ele conhece seu trajeto, de uma ponta à outra, por tê-lo palmilhado por longos trechos de cada vez em várias oportunidades. Unicamente o trecho da ponte Verrazano foi feito de ônibus, já que ela não dispõe de pistas para pedestres. Não correu, mas já andou.

Esse fato o levou a produzir um livro cujo propósito é conciliar algumas propostas que se entrecruzassem no desenrolar de um texto uno e que tivesse uma formulação romanesca. Um texto que contasse uma história com um personagem delineado pelo caráter de autor da narrativa e que convidasse o leitor a imbuir-se de seu desafiante projeto de correr a maratona de sua cidade.

Não de uma cidade qualquer, mas sim daquela que desfruta, no mundo, de uma posição relevante no plano de inúmeras vantagens comparativas e que desperta interesses generalizados por ter sido o epicentro do amálgama da rica história de um país economicamente moderno e politicamente poderoso, construído pelas contraditórias forças que presidiram a ocupação moderna das terras americanas e que forjaram as feições mais intrínsecas do capitalismo contemporâneo: Nova York.

Não se trata, também, de uma maratona qualquer, mas daquela que se distingue de muitas outras por seu charme, pela diversidade de feições de seu itinerário, pela falsa platitude que a impede de ver quebrados os recordes de tempo, pela notabilidade de sua fama internacional e por ser, de todas, a mais concorrida e mais emblemática, a ponto de ser apelidada universalmente de "Rainha das Maratonas".

O que é uma maratona? O que ela exige de especial de seus corredores? Como se preparar física e psicologicamente para esse desafio que suplanta níveis de capacidades humanas? Como concorrer ao "estrelato" de ser um dos participantes do desafio específico da corrida dessa cidade? Quais são as exigências para atravessar sua porta de entrada? Como ser um de seus escolhidos? Qual o seu custo e quais as chances oferecidas para ocupar um lugar no *grid* de partida? Como se comportar e o que esperar em cada etapa de seu trajeto? Essas são algumas perguntas às quais o protagonista desta história pretende responder ao leitor.

O que é correr mais de 42 quilômetros por ruas e bairros de uma localidade que encerra uma história urbana, que se confunde com a riqueza complexa das condicionantes que forjaram a unidade territorial desse império chamado Estados Unidos?

Que comunidade urbana é essa? Quais realidades formais e funcionais podem ser evocadas pela diversidade de feições oferecidas pelo panorama de seu percurso? Quais interesses podem ser despertados pelo simples olhar dos participantes? É possível nesse "passeio" ler a cidade? Quais linguagens ela exige do observador para ser entendida? O que revelam suas feições aparentes? O que elas escondem? Seriam as aparências a motivação para ir em busca das essências explicativas de suas configurações exteriores? Qual o sentido e a importância da observação do detalhe na montagem do todo? O que sugerem as constâncias, as repetições sucessivas no plano paisagístico e o disperso e inusitado do particular nas ocorrências? Quais interações humanas estão contidas em seus espaços de vivência coletiva ou particular? O que ela expressa do que é só devido ao seu local e do que remete à sua centralidade regional, nacional e mundial? Quais diferentes respostas ela daria aos que querem entendê-la se as visões forem contemplativas ou indagativas?

Enfim, um aglomerado urbano do porte físico e da significação histórica de uma Nova York é em si, e em seus arranjos espaciais internos, expressão concreta de uma grande quantidade de condições de naturezas variadas, desde aquelas físico/naturais até as mais filigranadas respostas aos processos socioeconômicos. Seu corpo, em qualquer corte temporal, será sempre uno e múltiplo, repositório do ontem e do hoje, numa articulação contraditória a responder, com maior ou menor dinamismo, às forças da inércia do passado ao do poder dos interesses do presente. Desde seus primórdios batavos até sua pujança atual, o capitalismo, em suas diferentes fases de dominância (mercantil, industrial, financeira), sempre respondeu pela sua paternidade, sendo desse sistema de organização social uma das mais simbólicas expressões urbanas do mundo.

Que arsenal de investigações, posturas e conhecimentos prévios essa gigantesca cidade propõe que se use para extrair de sua aparência a multiplicidade de entendimentos necessários para vê-la explicada como um "crisol" condensador de um real que é só seu? Valendo-se de tudo aquilo que possa estar disponível como ferramental analítico das ciências humanas e naturais.

Karol, o protagonista do relato desta fantástica "aventura", é um apaixonado por sua cidade. Já palmilhou suas ruas e bairros em passeios que, com a curiosidade de anos, se encarregaram de fixá-la como o chão de sua vida. Não como um teórico especialista do fenômeno urbano, mas sobretudo como um observador imbuído do espírito de um curioso guia turístico, ele aponta, descreve e comenta imagens, ocorrências e sentimentos inspirados pelo percurso e seus entornos. Fica aqui um convite que ele faz ao leitor para, na desafiadora experiência dessa corrida, dialogar com suas particulares observações.

Go, go, go... vai ser dada a largada!

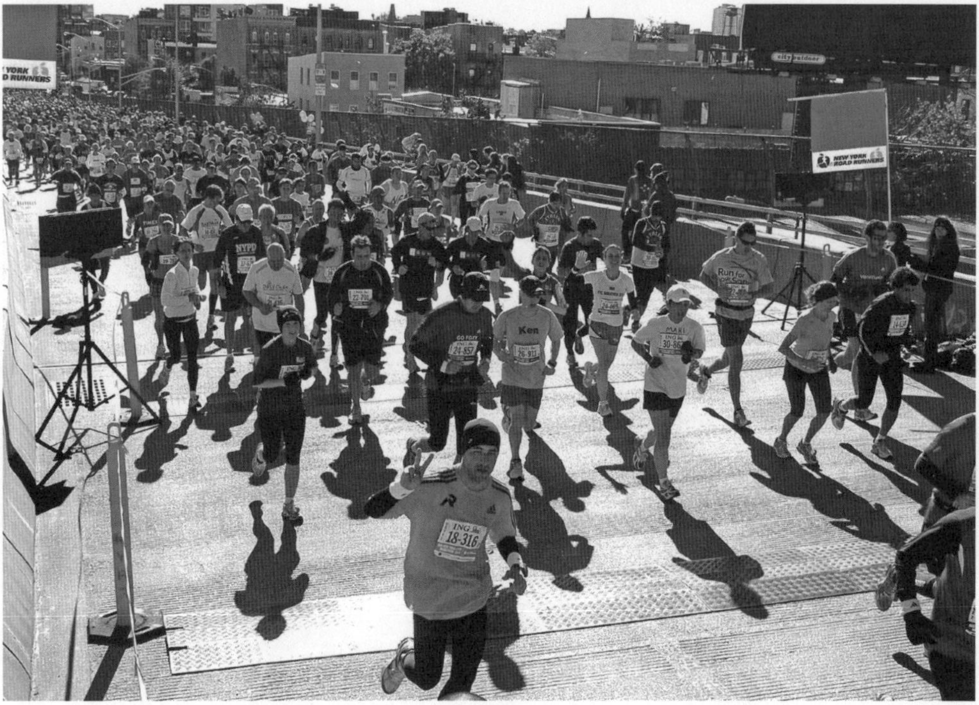
NEW YORK ROAD RUNNERS
NYPD
Ken
ING
18-316

PROMESSA FEITA, PROMESSA CUMPRIDA[1]

Aquelas quatro voltas em torno do Central Park, dadas por parte dos 127 participantes da prova, foram para mim, desde a infância, uma lembrança que nunca me deixou. Toda vez que me vejo solitário, e isso é coisa comum, essa fixação torna à minha cabeça como uma referência solidamente marcada pelo desafio que vi contido nela. Quarenta e tantos quilômetros "subindo" a Park West, virando na 110 para "descer" a 5ª Avenida até a 59, não eram uma brincadeira para muitos. Não é à toa que, em 1970, somente 55 chegaram ao final, depois de correr por mais de duas horas, 31 minutos e 38 segundos, que foi o tempo que o bombeiro Gary Muhrcke gastou para cruzar a linha de chegada e ser o primeiro campeão da prova. Fred Lebow e Vincent

---
1. Os fatos relativos à maratona e à paisagem urbana se referem ao ano de 2019.

Chiappetta,[2] quando a idealizaram, não poderiam imaginar que poucos anos depois ela já seria considerada pelo mundo todo como a "Rainha das Maratonas", ultrapassando em reputação a mais velha competição congênere nos Estados Unidos, a de Boston, realizada anualmente desde 1897.

Eu me vejo hoje suplantando as situações difíceis que tenho pela frente tomando de exemplo a obstinação e pertinácia daquelas pernas, todas com passadas firmes e ritmadas, carregando um ideal de vitória, um espírito de compartilhamento competitivo e uma vontade objetivamente determinada.

Um dia ainda farei isto, prometi a mim mesmo naquele sábado, 19 de setembro de 1970, ao lado de meu pai, um polonês sanguíneo e alegre, cuja alma livre veio à luz com o renascimento de seu país, nos idos de 1918 – ano em que a identidade daquelas grandes planícies entre os Cárpatos e o Báltico voltou a respirar a independência, após quase um século de revoltas nacionais contra o jugo imposto pela Rússia, Prússia e Áustria. Em 1941, ele veio dar na América com outros compatriotas, em uma fuga rocambolesca da opressão nazista, que envolveu trabalhos forçados, muita fome, obstinação pela vida sem freios, estratégicos disfarces, grande coragem e uma dose extraordinária de sorte. Aqui, logo arranjou trabalho no movimentado

---

2. Fred Lebow: imigrante romeno, de nome Fischel Lebowitz, corredor de 69 maratonas pelo mundo, terminou a primeira de Nova York em 1970, em 45º lugar. Em 1992, já com câncer no cérebro, correu-a pela última vez. Vincent Chiappetta: professor de biologia na Yashiva University, em Nova York.

porto da cidade, ainda, naquele tempo, um polo marítimo de transbordo de mercadorias e passageiros, com mais de 500 quilômetros aproveitados com equipamentos de apoio, molhes e cais acostáveis. A cidade florescia como uma das capitais do mundo e prometia ser (e de fato foi por um bom tempo) uma metrópole multifuncional cuja indústria, comércio e serviços se associavam à força de seus bancos, de suas escolas, de sua efervescência cultural e de lazer – condição que o pós-guerra só fez aumentar.

Meu pai foi morar com outros iguais, onde conheceu minha mãe e constituiu família: eu e minhas duas irmãs. Foi aí que nascemos e onde ainda moro: em Greenpoint, no Brooklyn. Nesses cinquenta e sete anos de minha vida, o mundo sofreu violentas alterações em seus valores, na esteira das transformações que a economia e a política impuseram a todos, cada vez mais exacerbando a necessidade de integração, ampliando o conflito entre a individualidade e a universalidade, entre a oposição e a complementaridade, o particular e o coletivo, o reflorescimento da noção de igual e a imperiosidade de considerar o diferente, a reafirmação nacional e o movimento de mundialização. Diante desses opostos, a civilização impõe a necessidade de tolerância.

Confesso que isso tudo é uma realidade em minha vida desde cedo. A cidade onde vivo é tudo isso desde sempre. É uma cidade de diferentes, cuja integração se dá no jogo comum dos objetivos. A discriminação, que na sociedade global americana foi edificada no correr de sua história, da qual a étnico-racial é a face mais sórdida e aparente, é um dado permanente do cotidiano – mesmo aqui, onde parece haver um lugar para todos que querem compartilhar uma existência pacífica e cooperativa. Mas apenas parece! Mesmo nessa cidade, onde os níveis de tolerância têm que ser maiores em face da multiplicidade de diferentes, e até por conta disso, há uma intrincada teia, um complicado escalão de aceitações e repulsas, em que todos somos a um só tempo discriminadores e discriminados. Brancos que não aceitam negros, negros que não aceitam latinos, latinos que não se aceitam como tais, e assim vai, em um complexo jogo de distanciamentos e aglutinações no qual a língua materna joga pesado nos confinamentos dos hábitos e nas preservações das identidades. Todos discriminam, repetindo a matriz nacional da criação de uma sociedade e uma história em que separação e integração estão na base da individualidade das classes, dos grupos, dos indivíduos. Procedência, cor da pele, nacionalidades, religiões, tudo serve para embasar sentimentos de superioridade e subalternidade.

Vive-se em um espaço onde se exercita, talvez, um dos mais difíceis desafios de ressocialização: aquele vivido pelos que emigram de suas terras para outras. Uma grande quantidade de pessoas de origens distintas experimentando um complicado processo de aculturação, com diferentes graus de assimilação de novas maneiras de pensar, sentir e agir, envolvendo formas de expressão, valores, conhecimentos, símbolos que retratam uma outra sociedade, uma outra cultura e outras manifestações das personalidades. E isso, sabemos, não se completa em uma única geração. Assim, os iguais se protegem formando comunidades espaciais, verdadeiros guetos onde língua, hábitos, valores engendram microcosmos extremamente personalizados que as cartas geográficas apontam como bairros de russos, judeus, poloneses, árabes, chineses, italianos, paquistaneses, irlandeses, porto-riquenhos, vietnamitas, gregos, sul-americanos, coreanos – alguns definindo contextos historicamente mais complexos, a ponto de serem marcados como atrações urbanas, como Chinatown e Little Italy.

É uma cidade feita de cidades, o que mostra que a conservação de características como as nacionalidades é fruto de certa impermeabilidade étnica e cultural e razão de orgulhos pessoais, de sentimentos de segurança, de apartações, segregações, muitas intolerâncias expressas e rancores ocultos. Às datas nacionais americanas são acrescentadas as de cada comunidade. São comuns as janelas ostentando bandeiras deste ou daquele país, casas comerciais com nomes que lembram a origem territorial da comunidade, artigos próprios para hábitos de vestuário e alimentação, assim como as comemorações de passagens históricas importantes desta ou daquela área de procedência, com festas públicas, sob a forma de procissões ou quermesses, com estandartes e ao som de tambores, bandas, bandolins ou balalaicas.

Apenas para ilustrar o que vai por dentro desse *patchwork* multicolorido, quando me perguntam de onde sou ou onde moro, não respondo Nova York. Por razões que vão muito além da história, digo: sou do Brooklyn, moro em Greenpoint. Rivalidades, orgulhos, afirmações, arrogâncias, sentimentos de dignidade pessoal. E, nessa metrópole que é Nova York – que, por sua vez, é o centro da maior concentração urbana do mundo, indo de Boston, em Massachussets, a Norfolk, na Virgínia, cobrindo uma extensão de 1.000 quilômetros, em uma gigantesca nebulosa onde o urbano e o rural muitas vezes se misturam, batizada pelo geógrafo francês Jean Gottmann de megalópole (chamada pelos americanos de Boswash, Bosnywash ou Boshington) –, o Brooklyn é o distrito com maior número de habitantes, antropologicamente o mais heterogêneo e o que melhor representa esse cadinho de grupos diversos que repartem o mesmo espaço na cidade. Não é por outra razão que já foi dito que ninguém conhece o Brooklyn, uma vez que o Brooklyn é o mundo.

Pois é. Este ano, cinquenta anos depois, resolvi cumprir a promessa feita lá atrás, na frente de meu pai e diante daquele majestoso parque que domina o coração de Manhattan, ele mesmo a significar também integração dos diversos reinos da natureza e oposição de paisagens. Em 1976, porém, a maratona deixou o Central Park e, a partir de então, ganhou a real dimensão de uma corrida que se identifica com a cidade como um todo. Seu percurso passa a atravessar o espaço urbano de seus cinco distritos, os *boroughs*, pela ordem: largada em Staten Island, passando por ruas do Brooklyn, do Queens, de Manhattan e do Bronx, e voltando às ruas de Manhattan, onde, no Central Park, está a linha de chegada. A partir daquele ano, quando eu já ganhava a vida adulta, cada vez que os corredores cruzavam as ruas de meu bairro, minha promessa me lancetava o peito com uma força cada vez maior, lembrando-me de que eu devia me dispor a um dia estar ali, com aquela gente do mundo todo.

Tive que me esforçar já na preparação, afinal, um desafio como aquele não é para qualquer um. Na Antiguidade, o legendário soldado grego Fidippide caiu morto no ano de 490 a.C. gritando *"ne niki kamen"* – "ganhamos" – após correr por 35 quilômetros entre os campos de Maratona e Atenas para anunciar a vitória dos gregos sobre os persas. Até 1908, as maratonas não tinham a mesma extensão, muito embora todas gravitassem em torno dos 40 quilômetros, como a corrida de 1896 em Atenas, nos primeiros Jogos Olímpicos da Era Moderna. Nos Jogos Olímpicos de Londres, em 1908, o percurso foi de 42.195 metros, equivalente à distância do Castelo Real de Windsor até o Estádio Olímpico da cidade. O atendimento ao capricho da família real de assistir ao início da prova dos jardins do palácio acabou por transformar a estranha e aleatória medida em regra, definindo o padrão das maratonas após 1924.

Passei os nove meses anteriores à maratona treinando três vezes por semana, correndo no final das tardes, dando voltas e

PERCURSO

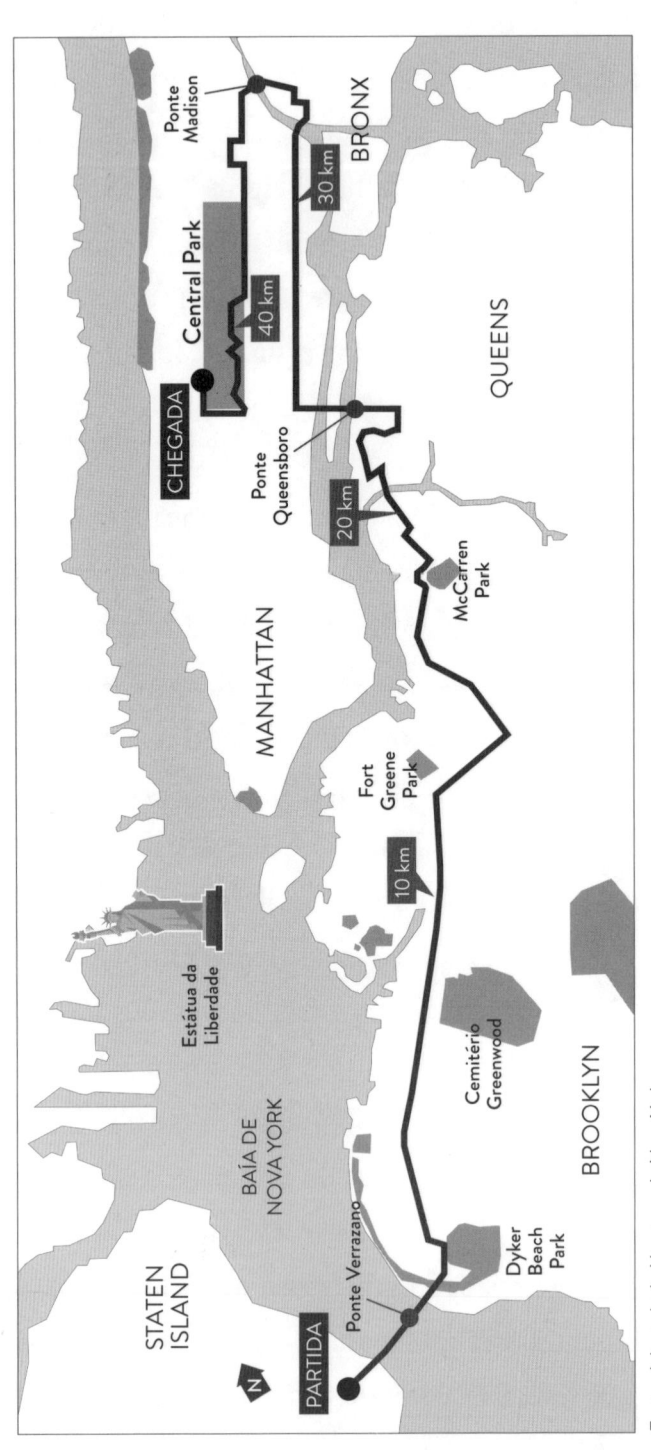

Fonte: Adaptada de Maratona de Nova York

voltas dentro e fora do Prospect Park, no coração do Brooklyn, o esplendoroso e, talvez, mais natural parque da cidade de Nova York, concebido em meados do século XIX pelas mesmas pessoas que projetaram o Central Park, em Manhattan. Pouco menor que este, seus 213 hectares formam um espaço contínuo de belos conjuntos de grandes árvores, extensos gramados e lagos, permanentemente utilizados para piqueniques, jogos, passeios a pé e descanso. Seu teatro ao ar livre, seu grande carrossel e seu pequeno zoológico fazem contraponto com o vizinho Brooklyn Museum, com seus quase um milhão e meio de objetos, onde despontam soberbas as coleções de arte egípcia, africana, americana e da Oceania, e o Jardim Botânico, com 200 mil metros quadrados de roseirais, plantas medicinais, estufas, bonsais e réplicas de jardins japoneses.

Fora do parque, palmilhei meses a fio as ruas e avenidas do Park Slope, que já foi a "Gold Coast" da cidade por ter sido um de seus bairros mais ricos no final do século XIX. Ainda hoje, com um certo ar aristocrata, preserva impecáveis os 24 quarteirões que formam seu Distrito Histórico, belo conjunto vitoriano de residências geminadas, de alguns andares, cheias de colunatas frontais, que chegam até as calçadas arborizadas através dos tradicionais lances de escadas de uma dezena de degraus. Fiz religiosamente, por anos, esse programa, saindo da Juilliard School, onde trabalho, tomando, por volta de 16h30, o expresso da linha D do metrô, na estação Columbus Circle, e descendo no Brooklyn, na estação da 7ª Avenida ou na do

Prospect Park. Após a sessão de exercícios, até 2010, voltava pra casa pela estação da 7ª Avenida da linha F, fazendo a conexão no terminal da linha G, na Smith-9 Sts., para descer, em Greenpoint, na avenida Nassau. Hoje, estendendo-se por cinco estações, essa linha segue direto até a Church Avenue, no Prospect Park South.

Procurei seguir o máximo possível as orientações para uma boa preparação, observando o chamado tripé de condicionantes, composto pelo período e adaptação dos treinos, pela adequada alimentação e pelo necessário repouso. Reservei cerca de 80% dos treinos aos exercícios de resistência (*endurance*) e 20% aos trabalhos aeróbicos lácticos, como os tiros de 100 ou mais metros, e aos de força, como a musculação. Fiz uma alimentação balanceada para o meu peso, com uma ingestão calórica diária em torno de 3.500/4.000 quilocalorias, composta aproximadamente de 25% de gorduras (insaturadas), 15% de proteínas e 60% de carboidratos, com muita carne branca, peixes, alimentos integrais, castanhas, feijões, laticínios *light*, ovos, azeite, fibras, frutas. Nos dias anteriores à competição, ainda fiz a chamada "dieta da supercompensação", método antigo que prioriza ao máximo a ingestão de carboidratos visando aumentar os estoques de glicogênio nos músculos e no fígado.

Apesar de haver um período de pré-inscrição no final do ano anterior à corrida, preferi esperar que as inscrições normais fossem abertas, no final de janeiro, pela entidade organizadora, a New York Road Runners. A NYRR é uma associação sem fins lucrativos com dezenas de milhares de associados dentro e fora do país, fundada em 1958 por Ted Corbitt, descendente de escravos dos algodoais do sul, tido como pai das corridas de longas distâncias nos Estados Unidos. Ela tem, atualmente, várias parceiras promocionais, dentre as quais destacam-se a New Balance, parceira oficial de materiais esportivos, além de Fundação United Airways, Arbnb, Abot, Rudin Family Foundation e Tyffani, que sempre comparece com um belo troféu em prata para o campeão da prova. Há, porém, uma patrocinadora maior, que é aquela que agrega seu nome à grande corrida de novembro todos os anos. Desde 2014, a patrocinadora título, como é chamada, é a Tata Consultancy Services, empresa multinacional de serviços e produtos de tecnologia da informação, com sede em Mumbai, na Índia. Isso define a logomarca atual como TCS-NYRR, presente em todo material de divulgação da entidade, inclusive nas medalhas distribuídas.

Mandei através do site oficial da competição minha adesão, incluindo os dados de meu cartão de crédito – há taxas que são cobradas apenas após o sorteio daqueles que realmente vão participar da prova: 255 dólares para os participantes sócios da NYRR, 295 dólares para não sócios e 358 dólares para os não residentes nos Estados Unidos, inclusive os porto-riquenhos. O transporte pelos ônibus oficiais da organização até o lugar da maratona está incluso no valor cobrado e disponível para os corredores com saídas de três locais diferentes: das 4h30 às 6h30, saem da Biblioteca Pública, na 5ª Avenida com a rua 42, na Midtown Manhattan, ou da Battery Place, na Lower Manhattan. Das 5h30 às 7 horas, da Continental Airlines Arena, em Nova Jersey. Para os que quiserem atravessar de *ferry* até o terminal St. George em Staten Island, o transporte é gratuito das 6 horas até as 8h15. A organização da prova adverte sempre a todos que a ponte Verrazano estará fechada ao tráfego depois das 7 horas da manhã.

Como o número de solicitações excede em muito o volume máximo julgado compatível com uma boa organização da prova, no mês de junho, faz-se publicamente, no Rockefeller Center, uma cerimônia do sorteio simbólico dos inscritos que irão fazer a corrida, quando o diretor da prova sorteia aleatoriamente o nome dos dez primeiros americanos e estrangeiros. Os demais contemplados têm seus nomes afixados em listas expostas no local e na internet. Este ano foram mais de cem mil solicitações, e, por questões de estrutura e segurança, decidiu-se que a prova, além das nove mil vagas para mulheres do grupo de "elite", dos cadeirantes e das bicicletas manuais, não teria mais que 55 mil participantes no total. Destes, após uma triagem feita pelos organizadores, com base em critérios múltiplos entre aqueles com idade mínima de dezoito anos completados até o dia da corrida, foram sorteados na chamada "loteria" cerca de trinta mil inscritos: dois terços de americanos e um terço de estrangeiros, dos quais a maior parte britânicos, italianos, franceses, alemães, holandeses, canadenses e japoneses. No total, dois terços de homens e um terço de mulheres. A maioria entre 30 e 39 anos, seguindo-se as faixas dos de 40 a 49 e dos de 20 a 29, mas muitos ultrapassam a casa dos 50 anos, como eu, e outros têm até mais de 80 anos. Os demais foram de livre escolha dos organizadores, pois formam os grupos de elite, masculinos e femininos, com performance julgada "profissional".

É, em última análise, nesse grupo de elite que estão os que realmente disputam a maratona. A partir de 2005, os organizadores decidiram estruturar também pelotões de subelite formados por corredores não profissionais com tempos de maratona entre 2:20 e 2:35 horas para homens e 2:55 e 3:05 horas para mulheres. Esses corredores saem logo após a largada dos "campeões". Há grupos de pessoas com participação garantida, como os membros da NYRR com determinados escores e os classificados por grupo de idade/tempo, obtidos em corridas patrocinadas pela entidade no ano anterior; os que já completaram quinze ou mais maratonas da cidade; os que se inscreveram e tiveram negada sua participação por três anos consecutivos; os que se inscreveram no ano anterior e cancelaram previamente sua inscrição, além de corredores avulsos com determinados tempos, comprovados por certificados oficiais, obtidos em corridas no ano anterior. Ainda há regalias na escolha e nos posicionamentos para integrantes de clubes de corrida, por exemplo, os afiliados ao Clube de Corredores do Metrô de Nova York, entre outros. Todos os demais são posicionados na largada por ordem de tempo prévio, dos mais rápidos para os mais lentos.

Quando me inscrevi, já sabia que seria um entre uma infinidade de pretendentes e que deveria contar com uma boa estrela no sorteio daquela manhã de junho. Recebi com um misto de surpresa, alívio e, ao mesmo tempo, preocupação a confirmação de meu nome entre os corredores do ano. Mesmo assim, perdido entre tantos, me senti orgulhoso por poder compartilhar com gente de mais de uma centena de países aquele desafio que eu mesmo me lançara como projeto tanto tempo antes. Meu pai, que envelhecera saudável, se houvesse tido a sorte de escapar do acidente que o vitimou, por certo me esperaria passar pela rua central de sua pequena Polônia para me aplaudir e, quem sabe, acompanhado por minha mãe e minhas irmãs, até faria o percurso de metrô, indo depois me esperar no *family reunion area* – o espaço reservado às famílias dos atletas junto à linha de chegada, no Tavern on the Green, local de um antigo estábulo de ovelhas e carneiros, em pleno Central Park, na ilha de Manhattan.

Quanto me veio à cabeça naquele momento, como um torvelinho de imagens e situações, desde as histórias de privações infantis e juvenis de meus pais europeus, até as minhas próprias, cheias de aventuras e desventuras para ultrapassar os diferentes cinturões de barreiras desde minha infância pobre, passada atrás dos balcões da casa de linguiças e embutidos da Kent Street, até minha formação universitária no Queens College (South Flushing) e a associação com os Marsalis na Academia de Música do Lincoln Center. Lembrei de minha mãe e de meus avós, que, como meu pai, deixaram a Polônia em busca da sonhada "América", que diziam isenta de opressões e cheia de oportunidades.

Meus avós vieram com minha mãe ainda pequena, junto com um lote de aldeões atraídos por uma propaganda que não precisava de muito argumento para convencer aqueles camponeses sem terra, há muito vivendo à beira da miséria. Não tiveram a sorte de outros. Chegaram às portas da Grande Depressão no final dos anos 1920, obrigando-os a uma vida de resignação maior que a de antes. Sem alternativas e sem nenhuma posse, puseram suas forças de jovens a serviço de todo tipo de trabalho que aquele complexo cosmos urbano pudesse lhes oferecer. Apoiados em conterrâneos já estabelecidos há tempos, acabaram, neste encantado cantinho da cidade que sinto, eu mesmo, como minha pátria, se "especializando" no trato da carne verde de um matadouro e açougue de gado miúdo que fazia também as vezes de manufatura de linguiças frescas, defumados e outras conservas.

O trato com esses produtos e o atendimento de uma clientela retalhista de baixa renda acabou sendo para minha mãe, desde cedo, uma escola de entendimento das reais dimensões que a vida tem. Casou-se com meu pai quando ele ainda mal entendia a nova língua. Continuou atrás dos balcões e à frente dos defumadores até que eu ganhasse condições de substituí-la. E isso aconteceu não quando eu aprendi a fazer o que ela fazia, pois isso eu sempre soube, já que fui criado ao lado dos chiqueiros de porcos, dos estábulos dos carneiros e dos traseiros ou dianteiros de gado maior que vinham dar nos cepos do açougue. Matar, sangrar, escalpelar, desossar, separar o que era carne nobre daquilo que se encaminharia ao recheio das tripas era coisa do meu dia a dia. Eu substituí minha mãe, na verdade, assim que meu tamanho permitiu alcançar a visão dos fregueses do outro lado do balcão. Foi aí que o dono da casa de carnes chegou para minha mãe e, sem mais satisfações, disse: "Agora você já pode deixar de vir trabalhar; afinal, tenho alguém que sabe ler, escrever, calcular e, o que é mais importante, sabe falar sem dificuldade a nossa e a língua deles!" Cheio de orgulho, tomei o lugar de minha mãe na complementação do orçamento doméstico e, com meu pai, ajudei a consolidar, a duras penas, essa "árvore" de Brodnica que, com outras "espécies" eslavas, formaram uma coesa "floresta" do lado de cá do Atlântico.

A numeração que cada corredor recebe varia conforme o tempo, declarado na inscrição, em que ele espera completar a corrida. Os que têm tempo mais baixo recebem números menores. Os pelotões de elite masculino e feminino começam, assim, com o número 1, sendo que as mulheres até a posição 9.000 têm uma letra F antecedendo seu número. Como a expectativa de tempo para terminar a prova que declarei na inscrição foi relativamente alta, meu número de inscrição foi 35.117 e a cor que me deram foi a laranja – há três linhas distintas de saída, marcadas com as cores azul, laranja e verde, e os corredores são divididos em cada uma delas em grupos de mil atletas.

Antes da saída, cada participante deve ficar confinado na sua respectiva zona colorida de concentração e se posicionar segundo o que os organizadores chamam de *corral system*. A saída é feita paulatinamente de mil em mil corredores em cada "curral", obedecendo-se à ordem de chamada. A marcação do tempo tem início quando o participante cruza a linha inicial oficial da corrida, através da marcação eletrônica patrocinada pelo registro da passagem do respectivo chip instalado em seu tênis pelo tapete eletrônico.

Os "verdes", depois que atravessam a ponte Verrazano, têm no Brooklyn um percurso inicial diferente dos demais. Em lugar de entrarem na 4ª Avenida pela rua 92, eles seguem pela Fort Hamilton Parkway até ganharem a 4ª Avenida pela Bay Ridge Parkway (rua 75), para aí se juntarem aos demais. Mesmo nesse trecho, em que a corrida usa uma só avenida, os corredores são obrigados a obedecer ao uso de pistas separadas: verdes à direita e laranjas/azuis à esquerda até a milha 8, quando a maratona se desenvolve em pista única. Nesta altura já não há mais aquele amontoado de corredores e a competição pode se fazer sem a distinção inicial, pois a própria prova já se encarregou de selecionar os concorrentes, separando os mais aptos dos demais.

A maratona sempre ocorre no primeiro domingo de novembro. A inscrição proporciona aos participantes o direito de comer a macarronada e participar da queima de fogos da véspera, além da festa pós-corrida, chamada de *Emerald Nuts*.

Durante a corrida, há direito a médicos, segurança, alimentação, hidratação, entre outras coisas. Antes da prova, há área de concentração, programas de aquecimento, café da manhã, ofícios religiosos e entretenimentos vários. Para os que cruzam a linha de chegada, medalha, comida, bebida, certificado oficial com seu tempo bruto e tempo real, exemplar da publicação oficial com os resultados de cada um (editada pela New York Runner) etc. Esse *et cetera* inclui aquilo que os profissionais mais almejam, além da consagração: os prêmios. Só em dinheiro, este ano serão mais de um milhão de dólares, distribuídos pelos primeiros colocados em uma dezena de divisões: divisão geral, divisão dos cidadãos americanos, divisão dos *masters* (mais de quarenta anos), divisão dos associados da NYRR, cadeirantes, ciclistas de mão (tanto masculinos quanto femininos) etc. Só para o primeiro colocado, tanto na categoria masculina quanto na feminina, são cem mil dólares. A esse montante ainda devem ser somadas as quantias cumulativas dadas como bônus aos que terminam a corrida abaixo de certo tempo. Com isso, o total em dinheiro ultrapassa a casa do milhão de dólares. Isso sem falar dos troféus em prata e cristal patrocinados pela Tiffany & Co., entre outros prêmios. Estaremos certos se afirmarmos que esses atletas profissionais realmente correm atrás do dinheiro!

Na sexta-feira anterior, fui buscar a sacola com minha identificação numérica para ser afixada na camiseta, tanto na frente quanto nas costas. Nela veio também a confirmação da cor da linha de saída, o chip marcador de tempo para ser preso no cadarço do tênis, o livro oficial do participante e a *goody bag* com o programa oficial, camiseta de lembrança, pôster da corrida, *snacks* e outras ofertas variadas. Essa sacola é a única peça com pertences que pode dar entrada no local de partida da corrida. Antes da largada, ela é deixada em um lugar especial na praça onde os corredores se concentram. Assim que o último corredor deixa a praça para iniciar sua corrida, todas as sacolas recolhidas são levadas para um local predeterminado no Central Park, junto à área de chegada, onde seus donos recuperarão seus pertences, mostrando seus números de inscrição aos caminhões da UPS (United Parcel Service) –, organizados pelas três cores e em ordem alfabética. Aí, finda a corrida, é distribuída a cada corredor uma bolsa de comida contendo uma maçã, uma barra energética – a PowerBar ProteinPlus –, comprimidos de Tylenol "8 horas" e outros alimentos.

Nos três dias que antecedem a prova, a comissão organizadora entrega pessoalmente aos inscritos essas sacolas no Jacob Javits Convention Center, na 11ª Avenida em Manhattan, na altura da rua 38, onde acontece uma grande exposição sobre a maratona da cidade, a Expo. Esse centro de convenções, o maior da cidade, com mais de 1 milhão de metros quadrados, ainda em expansão, já foi escolhido por mais de quarenta mil empresas para suas performances. Hoje é vizinho de uma das mais pulsantes áreas de revitalização da cidade, o chamado Hudson Yards, que, com seus múltiplos e gigantescos empreendimentos, faz surgir um novo foco espacial de atenção de toda ordem e de rearranjos urbanísticos compatíveis. Com investimentos de cerca de 25 bilhões de dólares, é o maior projeto imobiliário privado dos Estados Unidos. Seus dezesseis arranha-céus previstos até 2024 nada mais são que a face exterior de uma conjugação de interesses do capital amalgamando a presença de empresas e corporações acostumadas a gerar riquezas com mãos de Midas. A área dos sessenta quarteirões que o Conselho da Cidade aprovou em 2005, entre as ruas 28 e 43, somada à cobertura do grande espaço ocupado pelo estacionamento de trens, a ser transformado em jardins, vê brotar do chão desde o edifício 30 Hudson Yards – com o Edge, um deck de observação ao ar livre que se volta para a cidade lá do 101º andar – até o Centro Cultural Shed, junto ao Edifício Bloomberg, e a bizarra construção do Vessel, uma estrutura metálica de difícil conceituação, já chamada de "As Escadarias de Nova York" por aqueles que hesitam em abordar seus 2.500 degraus como um monumento ou uma obra de arte interativa. Convertendo-se em epicentro ultramoderno de residências, escritórios e serviços variados, essa área passa a ser por si só um local de intensa exploração turística à qual se somam shoppings de luxo e a atração que há algum tempo desperta grande interesse: a Hight Line, antiga linha de trem suspensa, transformada em uma passarela ajardinada para pedestres que corre paralela ao rio Hudson por 3.750 metros, no Chelsea, como a Promenade Plantée, em Paris. Logo ao norte do paliteiro que se estrutura diante do Javits está um bairro meio esquecido pelos turistas, tradicional palco de casas noturnas, boates e espetáculos off Broadway, mais populares que sofisticados; já foi morada de Stallone, Alicia Keys e De Niro e passa hoje velozmente por essa nova e radical estética urbana, distante há muito da imagem ligada à controvertida designação de *Hell's Kitchen*, associada aos conflitos provocados por grupos de gângster no final do século XIX.

Passei o sábado muito ansioso à espera da chegada do domingo. Nem fui ao restaurante Tavern on the Green, no Central Park, para saborear o prato de macarrão oferecido aos competidores pela empresa Barilla – o denominado *Barilla Marathon Eve Dinner*, entre 16h30 e 21 horas. Com isso, também não assisti a queima de fogos que é feita às 19h30, no mesmo local, com o patrocínio da água mineral Poland Springs. Preferi descansar, indo dormir mais cedo, pois precisaria chegar ao ponto de encontro sem correr riscos de atraso.

Na verdade, dormi pouco de tão envolvido que estava com o acontecimento. Jornais, emissoras de rádio e de televisão não deixavam de noticiar o evento que levaria para as ruas, naquele domingo, mais de dois milhões de pessoas que assistiriam à passagem dos atletas pelas 26 milhas e pouco do percurso. Minha cabeça rodou em zigue-zague por um passado já longe e um amanhã bem pertinho. Neurônios e glias tiveram muito trabalho para estabelecer as sinapses necessárias para montar aquele quebra-cabeça onde tempo, espaço, fatos, pessoas, razões e sentimentos se misturavam em frações de segundo e me sugeriam o valor e o papel da mente, da vida inteligente, submetidos que estariam amanhã aos corpos que seriam, acima de tudo, ossos, músculos, coração, pulmões. Estaria eu fisicamente preparado para vencer o desafio e cumprir a promessa? Minha cabeça, até aquele momento, dizia que sim!

Levantei bem cedo. Tomei um banho morno e, após um desjejum balanceado, vesti-me com o calção e a camiseta já identificada com meu número na frente e nas costas. Por cima, me protegi com um agasalho de moletom para as pernas e com um de náilon para o tronco e os braços. Apesar de o serviço de meteorologia prever no horário da prova uma temperatura de 14 graus centígrados, o dia que ainda estava para amanhecer impunha um frio seco de 8 graus. Calcei, por último, meu tênis supinador, exatamente o mais velhinho e que dá mais segurança nas minhas passadas. Despedi-me dos que comigo acordaram cedo e fui direto para a estação da Lorimer Street da linha L. Lá peguei o metrô para Manhattan, fazendo baldeação na 14 para tomar o B, D, Q ou F e descer na 42. Na 6ª Avenida, em frente à NY Public Library, tomei um dos ônibus especiais que funcionariam até as 6h30 e que me levou ao local de encontro em Wadsworth, na Staten Island, aos pés da ponte Verrazano-Narrows e diante do forte que guarda a entrada da baía de Nova York, onde os corredores deveriam chegar até as 8 horas da manhã.

Quando cheguei, já encontrei a praça repleta de corredores, muitos fazendo seu aquecimento, outros sentados, em atitudes de declarada concentração, outros ainda tomando o seu café da manhã nos postos montados especialmente para servir gratuitamente aos maratonistas. A maioria, porém, em franca descontração, conversava ou apenas andava, mexendo braços e pernas para "espantar" o frio. Busquei o meu curral pelas indicações dos balões de cor laranja e, dentro dele, a faixa de meu número. Percebi claramente, pela posição, que minha partida seria mesmo pelo deque superior da ponte. Essa confirmação me encheu de satisfação, pois poderia ter, quando atravessasse a ponte, uma visão magnífica tanto do interior da baía quanto do mar aberto que ficaria à minha direita, onde a geologia recente estruturou a flecha de areia do sul do Brooklyn, com a pequena península de Sea Gate e Coney Island e suas praias. Seria uma oportunidade única, uma vez que pedestres e ciclistas só podem atravessar a ponte durante a maratona da cidade e o Five Borough Bike Tour. Ela foi feita exclusivamente para o transporte de veículos, o que, para dizer o mínimo, é um tanto lamentável! Atravessá-la a pé poderia ser mais uma atração desta cidade tão cheia de locais para sugestivos olhares e instigantes reflexões. Inaugurada em 1964, após cinco anos de construção, a ponte em seu conjunto tem uma extensão de mais de 4 mil metros e um vão livre de cerca de 1.300 metros, o maior da América do Norte. Pênsil, ela é sustentada por duas torres de mais de 200 metros de altura. Seu nome homenageia o navegante italiano Giovanni da Verrazano, primeiro europeu a navegar pela baía de Nova York, em 1524, que, a serviço do rei da França, a batizou de Nouvelle Angoulême. Exatamente no meio de sua pista superior, o percurso da maratona tem o seu ponto mais elevado, com 79,25 metros. A conhecida foto aérea, no início da prova, reproduzindo um verdadeiro corredor humano talvez seja a mais emblemática imagem da corrida. Este ano, a camiseta na qual trago o meu número de inscrição tem estampada essa imagem, assim como a medalha em forma de maçã que será distribuída aos que cruzarem a linha de chegada. Estou bastante esperançoso de ser um deles e levar a *big apple* bronzeada para casa!

Cheguei a tempo de ver a saída dos portadores de necessidades especiais, às 8 horas. Antes da partida do pelotão geral, que tem início às 10h10, às 9h05 saem os corredores em cadeira de rodas e às 9h15 os de bicicletas manuais. Ambos na linha azul. A maratona feminina, com suas nove mil corredoras "profissionais", tem início às 9h35, e todas saem pela linha laranja. Às 9h53 largam ainda os participantes de uma competição especial chamada de desafio dos corredores dos cinco *boroughs*.

O tempo parece voar. São, agora, exatamente, 9h40. Está sendo feita a chamada inicial do grande pelotão misto que inclui os grandes campeões. Assiste-se a uma última movimentação dos integrantes deste verdadeiro formigueiro, com os retardatários, disciplinadamente, ainda buscando as baias correspondentes aos seus números e cores. Dá para se ter, agora, uma visão mais clara do tamanho da multidão que, logo, logo, subirá a rampa da praça fronteiriça ao forte, início do acesso à grande ponte. Ao mesmo tempo vê-se, com maior exatidão, a disposição das setecentas cabines de banheiros portáteis que dá forma ao maior mijadouro do mundo. Muitos já se livraram de seus agasalhos. Outros os atiram ao chão, em um gesto convencionado como a doação a uma entidade assistencial, recolhidos pelos organizadores após a prova. Os últimos minutos antes do momento da saída trazem para os corpos um misto de ansiedade e euforia que logo mais se transformará em um poderoso combustível para enfrentar o roteiro cheio de desafiantes obstáculos.

Aparentemente plano, o assoalho da cidade oferece aos corredores uma série de aclives e declives que só admitem a classificação de suaves para os que não estão correndo. O acesso às cinco pontes, por exemplo, exige um esforço extra que nem sempre pode ser compensado pelas descidas em seus finais, pois perde-se mais tempo nas subidas do que se ganha nas descidas, que, por sinal, costumam maltratar bastante os joelhos. No perfil do percurso, cerca de 12 quilômetros e meio são de subidas moderadas, cada uma variando de 400 a 1.200 metros de extensão. Apesar de não serem as mais fortes, são historicamente temidas as ondulações dos últimos 5 quilômetros, quando os participantes já estão com suas energias esgotadas. E é na segunda metade da corrida que se vai enfrentar um complicador muitas vezes cruel. Costuma ventar muito em Nova York nessa época do ano e as longas avenidas, como a 1ª e a 5ª em Manhattan, fazem as vezes de verdadeiros túneis de vento que tanto ajudam quanto atrapalham. Se ventar para o norte, por exemplo, os corredores são ajudados na 1ª Avenida e vão sentir aumentar a dificuldade exatamente nos 8 quilômetros finais, já na 5ª Avenida. Esses não costumam ser os únicos adversários que fazem com que cada quilômetro seja diferente do outro. O grande volume de competidores transforma o início da prova em uma batalha por espaços de atuação, travada no mais coletivo corpo a corpo de que se tem notícia. Costuma ser impossível aos pelotões que não são de elite e sub-elite desenvolver aí, na prática, as velocidades teoricamente planejadas na logística de cada um. Ao longo do trajeto, muitas vezes, os que assistem fazem o papel de estorvos, amontoando-se nas curvas ou atravessando as ruas. Cortar uma esquina é impossível. E a distância real da corrida acaba sendo maior que a oficial, uma vez que esta é produto do traçado ideal, que leva em conta tangências que são impossíveis de obedecer na realidade. Distância e velocidade, dificuldades objetivas específicas, obstáculos aleatórios, ao lado das capacidades e condicionamento atlético de cada um, exigem estratégias e planejamentos complexos e um conhecimento detalhado das características do percurso. É tudo isso e também, especialmente, a cidade em si, com suas diferentes feições e personalidades, que fazem desta maratona a prova que o mundo vem correr. Nenhuma outra é tão concorrida quanto ela e nenhuma outra cidade no mundo foi capaz de fazer de sua maratona um acontecimento urbano tão festivo e excitante, capaz de provocar tão apaixonada mobilização coletiva. Esse quadro faz dela uma prova difícil, e não é por outra razão que nunca produziu recordes mundiais. Participar dela é uma festa. Ganhá-la é uma glória!

ALTIMETRIA DO PERCURSO

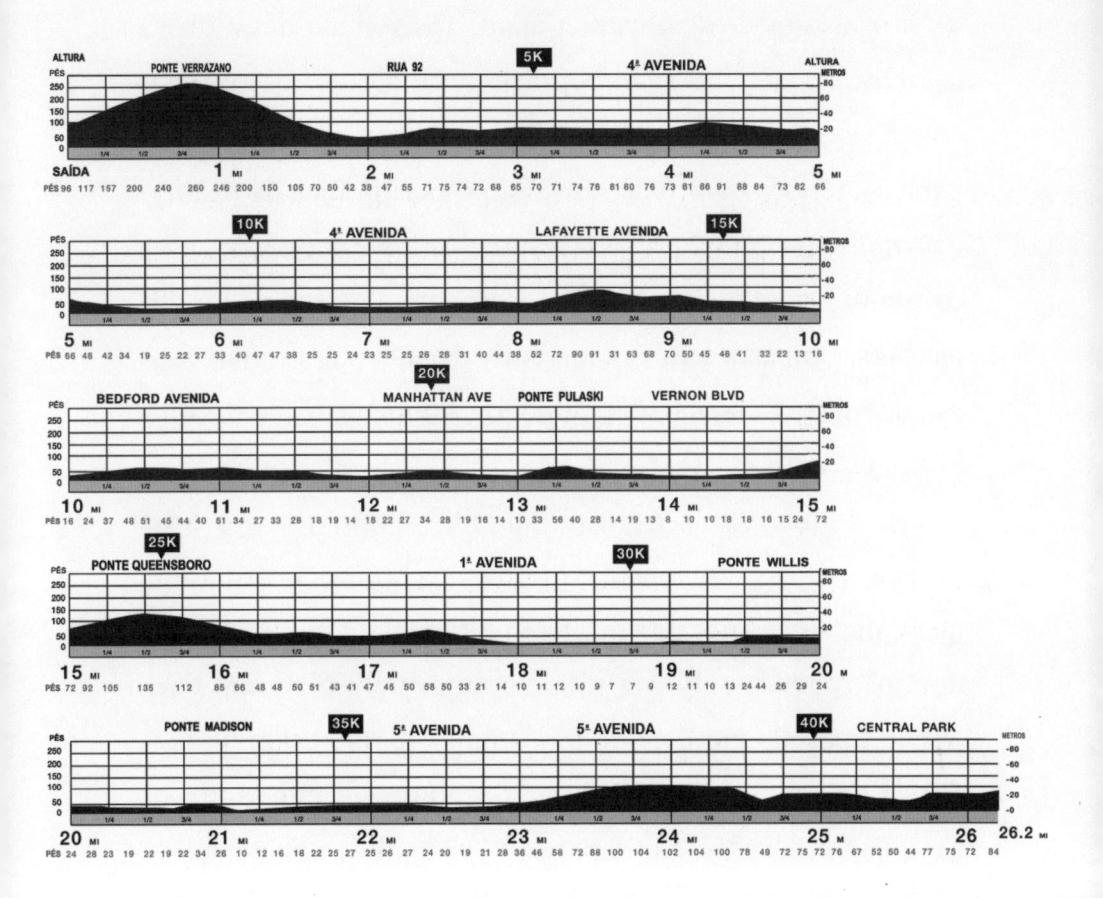

Sabendo o que objetivamente teria pela frente e esperando de mim uma performance de amador cinquentão, preparei meu espírito, até mais que meu corpo, para completá-la em menos de cinco horas, sem os percalços que uma expectativa otimista demais poderia acarretar durante a prova. Mesmo assim, arquitetei um plano fundado na objetividade de meu conhecimento das ruas e avenidas que teria que vencer, na observação vinda de anos e anos de acompanhamento apaixonado dessa prova e, talvez o mais importante, no respeito absoluto às minhas condições atléticas, que vieram de uma longa e cuidadosa preparação, tendo sempre no entusiasmo pela prática do esporte e na modéstia em relação aos resultados das competições uma constante programática. Assim, segmentei o percurso em diferentes compartimentos, esperando dar a eles um tratamento peculiar que, ao final, corresponderia a uma média de 8,5 quilômetros por hora.

À medida que a hora da largada se aproxima, o Fort Wadsworth, ao sopé oeste da ponte Verrazano, guardião há quase duzentos anos da entrada marítima de Nova York, hoje um dos parques públicos administrados pelo National Park Service, passa a merecer de todos uma atenção especial, pois são de dois de seus canhões de 75 milímetros que sairão os tiros que dão início à competição. A bucólica ilha ao sul de Manhattan, batizada pelos colonizadores holandeses no século XVI de Staten Island, esquecida pela maioria dos visitantes da cidade e mesmo de seus habitantes, hoje um "bairro" dormitório da grande metrópole, nessa hora vê sua existência transformada no mais observado *borough* da cidade. As transmissões de televisão e de rádio apontam suas câmeras e microfones para o charmoso distrito, cheio de colinas e repleto de bosques, um tanto preguiçoso e modorrento, em um contrastante perfil em relação aos seus outros quatro "irmãos". Distando 7,5 quilômetros da ponta sul de Manhattan e situando-se em uma posição frontal em relação a ela, a viagem de *ferry* que faz a ligação entre o Battery Park, em Manhattan, e seu píer de passageiros proporciona aos viajantes a mais espetacular e imperdível vista do distrito financeiro, da Estátua da Liberdade e da Ellis Island, tradicionais cartões-postais da cidade de Nova York. Pode-se dizer que "quem não foi a Staten Island de *ferry* não viu Nova York de frente".

DE STATEN ISLAND AO FINAL DA 4ª AVENIDA, NO BROOKLYN
—

10h10. Os canhões troam e a "boiada" estoura em uma saída programada em cada linha, de mil em mil corredores. Eu e meus companheiros de numeração entre 35.000 e 35.999 da cor laranja demoramos um pouco para receber a ordem de partida. A aflição, cada vez mais contida até ali, dá lugar a uma explosão muscular e funcional, em que minhas pernas bambeiam um pouco e meu coração dispara. Quando passo pela esteira que registra o tempo são 10h25. Torço para meu chip marcador não ter feito *forfait*, caso contrário serei desclassificado ou poderá haver incorreção no meu escore. A subida da rampa inicial da ponte, a mais forte do percurso, nem é percebida por aquela verdadeira centopeia, a maior já vista por qualquer um. A tradicional imagem aérea, que em anos anteriores eu vi pela televisão como praticamente um tapete humano que toma conta da ponte, agora tem minha colaboração. Eu sou um de seus integrantes. A pista superior e a inferior se veem tomadas por pisadas ritmadas que chegam a sacudir suas estruturas.

Após minha saída, busco me posicionar na lateral direita do corredor humano, dando mais trabalho aos meus cotovelos que aos meus pulmões e pernas nesse empurra-empurra. Não quero perder a oportunidade de aproveitar o momento para associar o evento a uma observação ímpar dessa parte da cidade; à direita se descortina a ponta sul da grande península/restinga que sustenta o bairro condomínio fechado de Seagate, o de Coney Island, com seu parque de diversões e seu aquário, Brighton e Manhattan Beach, com as praias mais acessíveis da cidade. Vencida a primeira milha, eu estou exatamente na metade da ponte, a parte mais alta da corrida. Tomo cuidado extremo durante a descida porque, além da declividade ser maior que a subida anterior, a quantidade de gente na pista e a precariedade do aquecimento não recomendam que se faça esse trecho no tempo ideal. Não há condições aqui para fazer uma corrida "perfeita", mesmo porque a postura defensiva obrigatoriamente faz você economizar energia. Na saída da ponte, à minha direita, justo no seu enrocamento, já no Brooklyn, fica o Fort Hamilton, outra histórica construção defensiva erguida na primeira metade do século XIX, que faz par com seu congênere do outro lado da entrada da baía. Os laranjas entram à esquerda, na rua 92, e os azuis pela 95 para ganhar as pistas quilométricas da 4ª Avenida. Laranjas e azuis correm separados nessa avenida de duas pistas separadas por um canteiro central. Os primeiros à esquerda e os segundos à direita. Na rua 77 entram na avenida os corredores de cor verde, que se juntam aos azuis, também pela direita. É expressamente proibido mudar de lado até a oitava milha. Daí em diante a corrida se desenvolve por pista única para todos os competidores.

Quando os últimos corredores entram no Brooklyn, os pelotões compostos por caminhões, ônibus e varredores de rua já estão se encarregando da limpeza das pistas que ficaram para trás. A uma velocidade de quinze minutos por milha, em seis horas e meia o serviço estará encerrado. Assim que o pessoal da limpeza passa, o tráfego vai sendo reaberto e, se nesse trecho ainda houver corredores retardatários, eles deverão ter atenção redobrada para que acidentes não venham a ocorrer, especialmente nos cruzamentos. A direção da prova os aconselha a correr pelas calçadas. Os ônibus oficiais que acompanham essa linha de serviços à retaguarda servem também para acolher e transportar os maratonistas que ficaram pelo caminho, por conta do cansaço ou de lesões, até a área de encontro familiar próximo à linha de chegada. Essa equipe de limpeza termina a maratona duas horas antes do tempo que marca seu final oficial. Oito horas e meia após a última saída, não há mais marcação de tempo para os corredores. São muitos os que chegam depois dos varredores e não são poucos os que ultrapassam o tempo regulamentar de chegada. De uma ou de outra forma, cerca de 98% dos que largam alcançam a linha de chegada.

A 4ª Avenida fica no Brooklyn. Entre as avenidas que correm em paralelo e mais junto à costa da baía, é a mais larga de todas e a única que tem duas pistas de rolamento independentes, separadas entre si por um canteiro central, da rua 64 até a Flatbush. Não é por outra razão senão seu porte ideal que foi elegida como a via preferencial de quase um quarto do percurso inicial da maratona, dado poder suportar melhor a grande concentração de pessoas nesse momento da corrida. Exatamente debaixo dela correm os trens de quatro linhas do metrô – B, M, N, R – que, com a linha F, que a cruza na rua 9, põem essa área do distrito em comunicação com Manhattan, Queens e Bronx, através de nada menos que treze estações, uma em cada dez quarteirões.

Entre as avenidas próximas, a 4ª é a menos residencial e comercial dos bairros por ela cortados. Funcionalmente, foi e é o espaço de grandes armazéns, indústrias, galpões de oficinas diversas, o que a põe em contraste com a 6ª e a 8ª Avenida, que são mais residenciais, e a 5ª e a 7ª, que são as duas artérias comerciais desse trecho da cidade. Exatamente por isso, ela é hoje um espaço que se oferece como reserva aos projetos de renovação urbana. Após definitivamente passado o período de reestruturação funcional que Nova York assistiu no último meio século, quando perdeu sua qualidade de cidade industrial e portuária e se converteu no grande polo mundial dos serviços e das finanças, na esteira do processo de reorganização de uma nova ordem mundial de relações capitalistas, a 4ª Avenida vem sendo foco de interesse de formidáveis e modernos projetos urbanísticos de recuperação de suas grandes áreas, que foram com o tempo ficando sem ocupação. Começa-se a ver suas feições alteradas por novos empreendimentos arquitetônicos residenciais, varejistas e de serviços, que fazem uso das novas legislações de uso do solo que passaram a permitir construções acima dos quatro tradicionais pisos, indo até os nove ou dez andares. O que foi novo ontem se converte em velho contraditório hoje e se oferece como potencial para ser o contraditório do contraditório amanhã. O conflito é da dialética do espaço! A economia política a serviço da compreensão da dinâmica da organização social.

Da milha 2 até a 8 – quase 10 quilômetros –, a corrida segue por uma grande reta, no oeste-sudoeste do Brooklyn, pelos bairros de Bay Ridge, Sunset Park, Carrol Gardens, Park Slope, Boerum Hill, até a inflexão à direita na avenida Lafayette, já na *downtown*. É um trecho topograficamente favorável, com uma longa plataforma de 2,5 milhas, seguida por uma leve descida de outras 2,5 milhas e uma leve subida, que já incomoda um pouco, até o topo de uma lombada na oitava milha. Venta um pouco a favor, o que não só facilita o desempenho nesse trecho, como exige menores cuidados com a hidratação nas estações de distribuição de água, colocadas em ambos os lados da pista, por todo o percurso, a cada milha a partir da terceira. Neste ano foram colocados à disposição dos corredores nada menos que dois milhões de copos de água distribuídos por 24 estações.

Isso para não falar da disponibilização, antes das mesas de água, das garrafas *squeeze* de Gatorade lima-limão a cada duas milhas, a partir da quarta, e a cada milha após a 21ª.

 Correr no Brooklyn tem para mim um sabor especial. Apesar de grande parte do distrito ter ficado distante de minha vida, por seu posicionamento em relação aos territórios mais comuns de vivência e passagem, ele me desperta um sentimento de identificação que me faz olhar mais fixamente para a multidão nas calçadas do que propriamente para o infinito percurso à frente. Um permanente sorriso traz para o rosto o prazer de pisar em um espaço e inspirar uma atmosfera que encarnam certa sensação de visceral solidariedade. Esse estado interior supera todas as explicações que poderiam ser elencadas para justificar as diferenças concretas que a própria rua aqui oferece sem nenhuma máscara. A quantidade de diversas comunidades nacionais, de não importa que geração, se faz presente, estampada no rosto e corpo de cada um dos blocos de torcedores, à medida que vou passando pelos quarteirões de seus bairros. Dinamarqueses e outros escandinavos, italianos, judeus, judeus ortodoxos, árabes, mexicanos, jamaicanos, haitianos, porto-riquenhos, chineses e muitos afrodescendentes, como se diz eufemística e hipocritamente por aqui. Os grupos musicais, que se distribuem ao longo do percurso para motivar os corredores e expressar a festividade contida no evento, são outra fonte de percepção dessas diferenças culturais. As partituras que cada banda manda para o ar – e no percurso total há mais de cem grupos musicais – são, via de regra, a manifestação de uma raiz, de um gosto, de um repertório, em perfeita sintonia com suas respectivas histórias, costumes, antropologias. Eu sinto que, apesar das barreiras construídas mais por preconceitos que por distinções formais, há uma coisa maior nos unindo. Sei lá... uma empatia nacional, talvez! E como Nova York é a cidade menos americana dos Estados Unidos, a bem da verdade, estou falando precisamente do Brooklyn, não do país! Sei bem que esse bairrismo, para complicar ainda mais o terreno pantanoso da discriminação, não passa de um ingrediente a se acrescentar nessa controvertida temática, tão ao gosto dessa cidade cosmopolita.

A homogeneidade genérica do grande corredor das pesadas construções de depósitos, armazéns e fábricas que ainda denunciam seu caráter de uma idade que já passou é rompida, na prática, pela presença de envelhecidas unidades residenciais de baixa estatura, de comércios menos sofisticados, alguns dos quais chamam a atenção pela quantidade. É o caso de uma profusão de pequenos hotéis e farmácias que dão a impressão de aparecerem em quase toda esquina. Alguns salões de chá, barbearias, algumas agências bancárias, consultórios médicos e inúmeras lojas de reparo de sapatos. Outro destaque é o grande número de igrejas protestantes, tanto batistas e luteranas como metodistas e presbiterianas, além de católicas e sinagogas no bairro de Bay Ridge, que remetem à presença original marcante de escandinavos, italianos e a vizinhança com o bairro judeu mais ao norte. Nessa ponta sul predominam as residências unifamiliares e os prédios de quatro a seis andares, além de uma ou outra escola. Repete-se aqui, como aliás em grande parte da cidade, certo padrão de construções residenciais com unidades independentes geminadas ou blocos de apartamentos de baixa estatura, bastante homogêneos, que caracterizou a expansão da cidade no correr das últimas décadas século XIX e as primeiras do século XX. São o que se generalizou chamar, por extensão formal, respectivamente, de *townhouses* e *brownstones*.[3] Na altura da 76, um pequeno centro comercial se estrutura em torno de alguns restaurantes. Chama-me a atenção os letreiros da Pizzaria Uno, do Burger King e do Chicago Grill, tradicional pela inconfundível pizza e por seus grelhados macios. A imponente igreja coreana, na esquina da 77, é vizinha de ruas laterais com belíssimos conjuntos de bangalôs de dois ou três andares com seus tetos pontiagudos. Vem-me à lembrança que uma vez viemos por aqui a uma *tea room* tomar um chá e saborear sementes de abóboras, enquanto em outras mesas muitas pessoas jogavam dominó. Imponentes, também estão por lá o

---

3. *Townhouses* são residências, em geral unifamiliares, pertencentes a um único proprietário, com tamanho, estilo e sofisticação variáveis que, quando geminadas, formam conjuntos bastante homogêneos. O termo é usado tanto para residências modestas como para palacetes. *Brownstones* são grandes edifícios horizontais, de três a cinco andares, de habitação coletiva, geralmente de estilo despojado e "pesado", revestidos originalmente por blocos de arenito triássico marrom-avermelhado, de onde deriva seu nome. Por extensão, o termo é aplicado a conjuntos de unidades residenciais independentes, mas semelhantes no estilo, que, quando geminadas, formam blocos aparentemente semelhantes.

Bay Ridge Jewish Center, o luterano Art of Healing Medical Center, a High School of Telecommunication and Technology, a United Corean Church of New York, a igreja luterana Our Saviours, que oferece cultos em árabe, as católicas Lady of Angels e St. Anselm, o Mocha Café e restaurantes gregos. Junto ao cruzamento da 65/66 passa a BQE (Brooklyn-Queens Expressway), parte da 278, via expressa que corta Nova York de norte a sul, através de Staten Island, Brooklyn, Queens e Bronx, colocando a cidade em conexão com a via federal 95, que, ao norte, leva à Nova Inglaterra e, ao sul, à Flórida. Nesta altura do Brooklyn, sua pista principal, que corre em direção à ponte Verrazano, se ramifica, como Belt Parkway, para correr junto à costa até o Aeroporto JFK. Aí também a 4ª Avenida faz as vezes de um verdadeiro nó viário, passando sobre a ferrovia que dá acesso ao Military Ocean Terminal, na Upper Bay ou foz do Hudson, que tem, junto à 58, o maciço prédio de seis andares em dois blocos do Brooklyn Army Terminal (BAT), que empregou mais de dez mil pessoas durante a Segunda Guerra para fornecer mais de 80% dos suprimentos para as tropas americanas no ultramar. Fechado em 1970, foi reaberto em 1987 para abrigar atividades comerciais, pequenas oficinas e escritórios. Na altura da rua 59, posso ver a torre da Basilica of Our Lady of Perpetual Help, a maior do Brooklyn. Dois grandes blocos com mais de 1.600 apartamentos para a classe média, uma cooperativa (*co-op*) estadual de 1972, com seus trinta andares, são, talvez, a maior imponência arquitetônica do bairro fora de sua *downtown*, lá junto às margens do East River, nas saídas das pontes do Brooklyn e da Manhattan.

O que me chama a atenção nesse trajeto é a quantidade de igrejas que pontuam de ambos os lados da avenida, das confissões mais variadas, a sugerir que outras tantas devem se espalhar pelos arredores, como que em uma maratona concorrencial pela fé, tão necessária para suportar a outra concorrência que se estabelece no mercado material pela manutenção da vida. A noção e a prática do livre-arbítrio, nascido com os movimentos de ruptura do catolicismo com a Reforma Protestante do século XVI, associados à ausência de controles centralizados, à expansão do liberalismo e às novas articulações de reprodução da riqueza fora dos cânones medievais que ganhou formas concretas, no Ocidente, com o capitalismo e com a cristalização do Estado moderno como organização político-econômica, deflagraram uma multiplicação de leituras bíblicas no interior do cristianismo. Expressão polivalente desse fenômeno está na fundação de um sem-número de "igrejas protestantes" de filiações, nomenclaturas, origens territoriais, adoções oficiais e sementeiras sociais diversas, que, aqui, neste espaço onde corro, bem explicam esse *pot-pourri* de templos, ainda mais se somados a outras religiões, como os católicos, judeus e muçulmanos. Tradição, nacionalidades, ideologias que buscam um sentido para a vida e a pobreza material superlativam as mediações explicativas.

Junto à esquina da rua 43, que dá acesso ao Sunset Park, um quarteirão acima, na 5ª Avenida, surgem os primeiros toaletes portáteis, que voltarão a aparecer a cada 4 milhas, aproximadamente até a milha 23,5, na altura do Metropolitan Museum, no Central Park. Muitos já as utilizam, especialmente alguns cadeirantes. Estou no coração do Sunset Park, bairro cuja parte mais baixa esteve originalmente ligada à atividade portuária, com seus quase cinquenta píeres com capacidade para receber mais de duas centenas de navios concomitantemente. Aí ainda está o Bush Terminal (BTRR), antigo ponto intermodal de transbordo de mercadorias, hoje formidável espaço em redefinição de usos, a apenas vinte minutos de barco de Manhattan, procurado para instalações de várias pequenas indústrias e cogitado até para abrigar um novo estádio urbano para futebol americano. Hoje este pedaço do Brooklyn é uma reserva territorial que se oferece ao movimento de reutilização funcional em curso.

Pouco antes da milha 5, à direita, o quarteirão murado entre as ruas 34 e 35 desvia minha vista para o cemitério de Greenwood, que ocupa uma área equivalente a uma centena de quarteirões, quase do tamanho do Prospect Park, seu vizinho. Sua frente maior fica na 5ª Avenida, entre a 36 e a 24. Esse cemitério, implantado na primeira metade do século XIX no alto da colina que corre paralela à costa, quando tudo por aí ainda era absolutamente rural e o Brooklyn não passava de um pequeno núcleo urbano independente, responde por uma magnífica área verde de jardins e denso arvoredo de conservação impecável, visitado anualmente por uma infinidade de turistas que sempre querem ver onde está sepultado o maestro e compositor Leonard

Bernstein, a dançarina Lola Montez, o fundador da Panam, Juan Trippe, o *cowboy* William Hart, o compositor Louis Mareau Gottschalk, o inventor Samuel Morse, entre muitos generais da Guerra Civil, artistas, inventores e vítimas de grandes tragédias. Nele é notória a separação entre o que é elite e o que é popular, entre os desta ou daquela nacionalidade ou ascendência. Enfim, até que a morte nos separe... definitivamente.

Na marcação da milha 5 percebo pela primeira vez que junto às placas de distância há sempre um relógio de bom tamanho marcando as horas. Eles aparecem de milha em milha e a cada 5 quilômetros, fazendo companhia para as bandeiras azuis e laranjas, símbolos da maratona, que também estão presentes em todos os pontos de apoio oficiais do trajeto. Entre as milhas 4,5 e 6,5 aparece o encantador edifício da igreja de St. Michel, com suas paredes externas de tijolinho aparente e suas sucessões de janelas iguais, a Corte Municipal e a grande funerária Schaefer. Mais à frente, na 26, outra funerária, a Las Rosas, com sua fachada em um alegre tom rosa parecendo apontar aos "fregueses" que a morte não é um fato com o qual se deva lidar de maneira soturna, triste. Que nela há espaço para a expressão de sentimentos de bem-aventurança, já que o marketing das empresas privadas que cuidam desses serviços por aqui não vê nada de antiético em sugerir, nas cores de suas entradas e nos planos de seus financiamentos, muitas benesses que poderão ser encontradas nos céus de não importa que crença ou religião. Na marca de 10 quilômetros passo pela segunda esteira de marcação de tempo. Essas esteiras voltarão a aparecer na metade da maratona – 13,1 milha ou 21,1 quilômetros –, no quilômetro 35 e na chegada. Todos esses tempos registrados servirão para aferir a performance de cada um, determinar a sua classificação e premiações, assim como permitir o assento dos resultados nos certificados individuais de participação.

Se lá atrás, em Bay Ridge, as ruas estavam tomadas por espectadores que denunciavam suas remotas ascendências europeias, vindas de irlandeses, escandinavos, russos e italianos, aqui, em Sunset Park, além dos poloneses da 3ª Avenida e da rua 20 e ainda de muitos italianos vindos na virada do século XIX para o XX, aqui são os imigrantes do mundo árabe – libaneses, marroquinos, iemenitas etc. – que chamam a atenção pela sua concentração. Sugestivo exemplo da presença dessa comunidade é a escola All-Noor Day, na altura da milha 5,5, que aponta em sua bela fachada, em caracteres árabes, o paradigmático apelo: "Garanta-me conhecimento". Em seguida, o percurso é dos mexicanos, porto-riquenhos e outros latino-americanos, que, habitando as cercanias da avenida, se destacam por seu comportamento alegre e extrovertido. Há ainda muitos judeus e chineses vindos das partes mais altas da colina onde estruturaram, respectivamente, a mais densa comunidade hassídica de Nova York, o Borough Park, a sudoeste do cemitério de Greenwood, e a segunda Chinatown da metrópole. Muitas janelas com roupas secando ao sol começam a aparecer com mais intensidade, assim como casas comerciais e, especialmente, restaurantes, com dizeres em espanhol e ofertas de comidas típicas mexicanas. Puxa! Como há lavanderias por aqui e como se comem tacos! A língua falada e lida aqui é o espanhol. No trecho em que a avenida corta o Park Slope, da milha 6,5 à 8, parece haver mais gente nos acompanhando nas calçadas e já se ouve com maior clareza, dada a relativa rarefação dos grupos de corredores, os incentivos aos atletas com o tradicional grito de "*go, go, go*". Muitos atletas estrangeiros trazem seu nome e a bandeira de seu país estampados na camiseta. É uma verdadeira festa a identificação da torcida com certos corredores quando suas nacionalidades são um ponto de encontro com ascendências e histórias. Aí o "*go, go, go*" vem sempre acompanhado pelo nome do corredor: "*Go Stéfano, go*", "*Go Herrera, go*", "*Go Ralph, go*" e um agitar frenético de bandeiras nacionais.

A partir da rua 24, onde está a torre pontiaguda da igreja católica Lady of Czestochowa, começam a aparecer mais significativamente as respostas que o processo de gentrificação vai dando ao espaço nesta e em outras avenidas paralelas. Saltam aos olhos os edifícios modernos de apartamentos e hotéis de nove ou dez andares, que correspondem aos novos limites em altura impostos pela municipalidade e que o mercado imobiliário se encarrega de ir adensando em espaços condensados, como o da *downtown*, com seus novos edifícios de dezenas de andares e alguns de quase uma centena, como o 9 Dekalb Avenue, com noventa andares, que repetem no Brooklyn a definição da aparência do distrito financeiro de Manhattan. Esse rezoneamento é fruto do império da florescente expansão que vem notabilizando a revitalização da vida econômica e financeira da cidade, que, ao mesmo tempo que cresce para dentro, continua a crescer para cima, criando novos núcleos territoriais de polarizações funcionais heterogêneas, novos perfis arquitetônicos, novas feições urbanísticas, novos interesses turísticos. Uma cidade em contínua superação.

A avenida está no fim. A milha 7 fica exatamente na altura da Old Stone House, construção histórica, marco da guerra de independência americana. A loja da Staples, a maior do Brooklyn na oferta de artigos para escritórios, entre a rua 3 e a 4, fica na retaguarda. A passagem pela enorme construção da Igreja Universal do Reino de Deus, de origem brasileira, à direita, chama a atenção para mais um dado dessa segunda ocupação colonizadora da cidade pelos latinos após a Segunda Grande Guerra. Os católicos de origem, em um país de tradição protestante, foram em sua grande maioria cooptados pelos movimentos de reevangelização que se espalharam nas últimas décadas em toda a América Latina por uma infinidade de igrejas evangélicas que ocupou estrategicamente o lugar de um catolicismo não mais adaptado aos imaginários e expectativas de um mundo proletário mais liberal e imediatista. O novo trabalhador desarraigado, os recentes valores de um mundo concorrencial universalizado, as inadequações entre crença e promessas das igrejas tradicionais, cristalizadas em discursos e práticas defasados das esperanças de um mundo cada vez mais excludente, injusto e individualista, abrem espaço para novas formas de fé que oferecem benesses mais próximas, pela pregação da liberdade de escolha, da possibilidade do sucesso pessoal, enfim, do egoísmo da vida. As modernas técnicas da gestão empresarial e o mercado aberto pelos esgarçamentos dos valores no interior de grandes contingentes populacionais desprotegidos e explorados ajudaram a fundar verdadeiros impérios da fé que, seguindo o movimento do capital, se transnacionalizaram e ganharam desmesurados papéis, tanto na vida econômica quanto política, em todos os lugares onde atuam.

Finda a 4ª Avenida, bem na metade de uma razoável subida, avista-se, agora em sua inteireza, o que era de longe apenas um objetivo a ser alcançado. A torre do relógio do Williamsburg Saving Bank, o maior edifício do Brooklyn até recentemente, verdadeiro guia dessa parte da corrida, está agora ali, à minha frente, marcando a oitava milha, na esquina da Flatbush com a Lafayette, no chamado Square do Templo, nome derivado, desde 1894, do edifício de tijolos vermelhos do tradicional templo batista. Conhecido como *"The Willie"*, construído todo em pedra no final dos anos 1920, tem a forma tradicional em degraus de pirâmide (bolo de noiva ou zigurate) dos edifícios dessa época, com seus mais de 150 metros de altura e sua cúpula em abóbada raiada. Em 1987, passou para as mãos do banco HSBC, sendo vendido em 2004. O projeto agora é transformá-lo em um condomínio residencial de luxo. Bem em frente à sua calçada está estacionado o caminhão de sorvete do Mister

Softee e, do outro lado da rua, com sua grande freguesia na porta, desponta a Vitamin Shoppe. Nos jardins da proximidade avistam-se, aqui e acolá, pilhas de abóboras, de tamanho razoável, organizadas em pontos estratégicos pelo comércio de ocasião. É o Halloween que ainda deixa suas marcas. Percebo, pela primeira vez nessas 8 milhas já vencidas, que um número bastante expressivo de corredores procura o pronto-socorro. Esses postos de atendimento médico estão distribuídos por todo o percurso, a cada milha, logo após as estações de distribuição de água. Eles estão marcados pelas bandeiras, bastante visíveis, de patrocinadores como a Aleve/Bayer e das que trazem uma grande cruz vermelha. Estatisticamente os acidentes sérios são bastante raros, muito embora já tenha ocorrido até caso de morte durante a competição. Mas os casos de lesões por quedas, de cãibras, estafas e, especialmente, de bolhas nos pés são bastante comuns. Geralmente, após os atendimentos, os competidores voltam às pistas recuperados para enfrentar o desafio até o seu final. Esses postos médicos são também os locais determinados para a anotação das desistências, fato que não chega a ser incomum. Pelo rádio, cada uma delas é transmitida ao posto de informação do Central Park para que os amigos e familiares do corredor possam ficar sabendo do acontecido, de suas causas e do local onde ocorreu. Desistências não comunicadas ao serviço de anotação poderão se transformar em punição, com a impossibilidade de nova inscrição para outra maratona.

DA LAFAYETTTE, NO BROOKLYN, ATÉ A PONTE QUEENSBORO, NA 59, EM MANHATTAN

—

Da milha 8, no início da avenida Lafayette, até a milha 15, no início da ponte Queensboro, na saída do Queens, as pistas seguem o trajeto mais tortuoso da maratona. Terminada a Lafayette, na milha 9, o percurso inicialmente desenha o grande arco à esquerda da avenida Bedford, que corta todo o bairro de Williamsburg Sul e Norte, para entrar em Greenpoint pela avenida Nassau, contornando o McCarren Park. Corre em seguida por meia dúzia de quarteirões da avenida Manhattan, a principal do meu bairro. Quebra à direita na avenida Greenpoint para logo tomar o Boulevard McGuiness. Sobe a ponte Pulaski, entra no bairro de Long Island City, já no Queens, pela rua 11, para virar à esquerda, em um ângulo bastante agudo, na avenida Jackson e tomar o Boulevard Vernond através de outro ângulo fechado, por uma dezena de quarteirões. Vai virar à direita na 44 Road, logo em seguida tomar a 44 Dr. para entrar na rua Crescent, fazer a alça por baixo e, por fim, subir a rampa da ponte Queensboro. Isso é o que tenho pela frente na próxima etapa da corrida. São 7 milhas de topografia favorável. Do topo da pequena elevação da milha 8,5, a 30 metros de altitude, desce-se, em um quase *continuum*, até a cota pouco acima do nível do mar na milha 14/15, antes da subida na ponte. Há apenas uma suave lombada entre a milha 10 e a 12 que a descida anterior ajuda a vencer sem muita dificuldade. É nesse trecho intermediário da competição que vou saber se estou de fato preparado para enfrentar o restante. Com poucos obstáculos, a não ser o vaivém das diferentes ruas, ele vai me dizer, pelo nível do cansaço apresentado, se chegarei bem em Manhattan para enfrentar as últimas 10 milhas.

Bem, voltando à objetividade do percurso: agora estou passando, com certa desenvoltura, na Lafayette, pela primeira zona oficial de aplauso e incentivo da corrida, a *cheering zone*. Essas zonas são lugares onde a organização do evento monta grandes arquibancadas para o público melhor apreciar a passagem dos atletas e, de forma concentrada, incentivar os competidores. Outras *cheering zones* estarão instaladas na milha 13,8, em Hunterspoint, Long Island City, na milha 20,5, no Lozada Playground, no Bronx, e na milha 22, no Marcus Garvey Park, no Harlem. Ao cruzá-la, minha ansiedade sobe a níveis patológicos e alguma coisa muito misteriosa me avisa, com o aumento de meus batimentos cardíacos, que o meu Greenpoint estará me esperando no final da grande descida, com os aplausos de meus conhecidos, amigos e familiares. Renovo minhas forças, busco conter minha emoção, observando com maior cuidado o que a paisagem urbana tem a me oferecer por ali. Isso faz parte de um conjunto de técnicas cognitivas que buscam levar o espírito do corredor para longe dos pensamentos negativos que costumam se transformar em desastrosas pressões psicológicas.

Está à minha frente a marcante e popular BAM, a Academia de Música do Brooklyn, fundada em 1859 e que, desde 1907, ocupa um imponente edifício em estilo neoitaliano, com suas emblemáticas janelas coloridas em arcos. Comprometida desde sempre com a vanguarda, seus programas vão da ópera à arte circense, de Shakespeare à dança africana de raiz. Foi a casa, por anos, de Isadora Duncan, de Sarah Bernhardt, de Enrico Caruso, de Arturo Toscanini. Cursos, palestras, teatro, músicas, balé, cinema, fazem par com seu papel atual de sede da Filarmônica do Brooklyn e, desde 1981, das esperadas dez semanas do revolucionário Next Wave Festival. Nas proximidades dessa casa de fervilhantes ofertas e de afluência de uma clientela alegre e liberal, aproveitam o clima de festa permanente alguns bares e restaurantes, como o pequeno Mo's Bar & Lounge, meu preferido para tomar uma boa cerveja, em meio ao ambiente criado por seus frequentadores negros que cultuam as propostas musicais do rapper que lhe empresta o nome. Lá se vai mais uma dezena de quarteirões totalmente residenciais, em que as igrejas Queen All Sants e a Cadman Congregational quebram certa monotonia, juntamente com o conjunto dos quatro grandes blocos de moradias (os *projects*) da New York City Housing Authority (NYCHA), agência governamental que administra, por toda a cidade, três centenas de edifícios de apartamentos do ousado programa de atendimento à população de baixa renda, cujo início se deu lá pelos anos de 1934, na administração do prefeito La Guardia, com a construção de seu primeiro conjunto de oito prédios, entre a 1ª Avenida e a avenida A e as ruas 3 e 2 em Manhattan. Hoje esse projeto abrange, nos cinco distritos da cidade, 336 edifícios e 178.684 apartamentos e atende a uma população de aproximadamente quatrocentas mil pessoas, entre negros (46%), hispânicos (44%), brancos não hispânicos (4%), asiáticos (5%) e outros (1%).

O começo da avenida Bedford é uma santa benesse. É uma longa descida suave de mais de uma milha. A paisagem altera-se significativamente. Agora, voltados para o norte, os corredores podem divisar, ao olhar para a esquerda, a ponta sul de Manhattan, com sua fotogênica concentração de edifícios, aquela que melhor define a grandiosidade do significado do setor financeiro desse mundo louco que é Nova York. Mudam as pessoas nas calçadas. Mudam os letreiros dos anúncios. Os cartazes em espanhol dão lugar àqueles em hebraico na parte sul para voltarem a aparecer com intensidade na parte norte. A descontração das roupas coloridas e esportivas dos latinos, por alguns quarteirões, dá lugar ao recato obediente aos padrões de ser e vestir dos judeus ortodoxos hassídicos – "devotos" em hebraico –, que ainda se vestem como se estivessem na Europa Central e Oriental séculos atrás, com suas longas túnicas e chapéus negros, suas longas barbas em ponta e seus cabelos cacheados. Estamos entrando no tradicional bairro de Williamsburg, fundado nos idos da segunda década dos anos 1800, inicialmente como núcleo populacional independente e um grande espaço de lazer para os ricos da época. Em 1855, foi anexado ao Brooklyn e expandiu-se em alta velocidade após a ligação, em 1903, com a ilha de Manhattan pela ponte que tem o seu nome. O afluxo populacional foi explosivo. Seu espaço à beira do East River, como aliás aconteceu com quase todas as áreas junto ao rio em outros bairros, fez parte da frenética história da industrialização da cidade de Nova York por toda a segunda metade do século XIX e primeira metade do século XX, sediando significativa atividade portuária e unidades de produção importantes, como as da indústria naval, a químico-farmacêutica – Pfizer –, as refinarias de açúcar, as destilarias de óleo, moinhos, cervejarias e indústrias de vidro – Corning. Nomes como Vanderbilt, Fisk, Pratt, entre outros magnatas capitalistas, estão ligados aos negócios que deram vida ao bairro e propiciaram a grande onda povoadora de irlandeses, poloneses, judeus, russos.

Após a Primeira Guerra, a elite milionária cedeu seu lugar a uma população de trabalhadores de baixo poder aquisitivo. Após a década de 1960, o movimento de fuga das indústrias para fora da cidade – e do país – trouxe para a área da orla o vazio e a desolação. Seus ancoradouros se deterioraram. Suas fábricas fecharam. Seus armazéns se degradaram. Se após a Segunda Guerra seus trabalhadores na indústria eram superiores a uma centena de milhares, agora, no início do século XXI, não chegam a dez mil. O espaço dos domicílios se degradou. A construção da via expressa que liga o Brooklyn ao Queens – B.Q.E. –, terminada em 1954, colaborou para isso. Ela corta o bairro ao meio e sua implantação deslocou mais de cinco mil habitantes. A população original de italianos, irlandeses, poloneses, russos e judeus deu lugar, após a Segunda Grande Guerra, a uma segunda onda de migrantes, desta feita especialmente os judeus ortodoxos hassídicos da Europa Central e um grande número dos chamados hispânicos. Os primeiros formam um verdadeiro enclave, dando ao sul do bairro um caráter distinto, com suas grandes famílias de cinco ou mais filhos e com as feições típicas de suas sinagogas, escolas, residências e casas comerciais, especialmente junto à Bedford e à Lee. Detestam ser fotografados pelos maratonistas. São cerca de 250 mil no mundo; duzentos mil estão nos Estados Unidos, cem mil só em Nova York, nos bairros de Borough Park, Kew Gordon, Crown Heigts e Williamsburg. Para dar uma ideia mais objetiva dessa presença, só entre a Lafayette e a passagem da ponte contei doze sinagogas, afora uma grande *yeshivá* (escola de estudo do judaísmo). Entre elas, há que se considerar a principal sinagoga da seita Satmar, haredis hassídicos ultraortodoxos, na maior parte vindos das áreas rurais da Hungria e Romênia após a Segunda

Guerra. São antissionistas, usam o iídiche como língua corrente, e aqui se reúne a quase totalidade deles no mundo. Nas ruas, são de fácil identificação pela roupa negra talar e pelo *shtreimel*, o enorme chapéu de pele de fuinha ou marta, com estranho formato circular. Maior concentração de sinagogas que essa só se lembrarmos daquela do Lower East Side, em Manhattan, onde, entre 1880 e 1920, com a maciça entrada de milhões de judeus vindos da Rússia, Polônia, Áustria-Hungria e de várias áreas dos Bálcãs, podia-se contar quase duzentas sinagogas domésticas, por conta da imediata proliferação das casas de cultos comunitários. Os segundos são latinos das Américas e se concentram mais ao norte do bairro, depois da rua S1. Formam a metade da população, sendo os porto-riquenhos, dominicanos e cada vez mais equatorianos seus principais representantes.

A Bedford desenha um grande arco de 3 milhas passando por cima da B.Q.E. e por baixo da ponte de Williamsburg, indo terminar no McCarren Park, no limite com Greenpoint. Na altura da milha 11 vejo em um dos edifícios uma faixa bem-humorada incentivando os corredores com os dizeres: "Não pare! Você não vai achar nenhum táxi aqui". A ponte, de um desenho um pouco pesado, é um admirável exemplar – aliás, como as outras que atravessam o East River – da engenharia do aço, que está na raiz de toda a escola arquitetônica americana, produtora das grandes construções e arranha-céus do país. Sua pista superior, como a da ponte do Brooklyn, permite a travessia do rio para pedestres e ciclistas. De Manhattan, até anos atrás, a Williamsburg podia ser identificada, à noite, pelo letreiro luminoso do açúcar Domino, cuja fábrica foi fechada em 2004, após 148 anos de funcionamento. É nessa parte da fronte, junto a ela, que novos lançamentos de edifícios de escritórios e apartamentos deixam antever a direção que tomam os projetos de revitalização dessa área, à semelhança do que vem acontecendo também em outros segmentos da cidade, como no Harlem, no West Side e no distrito financeiro, em Manhattan, onde o carro-chefe vem sendo a construção do complexo de edifícios da Freedom Tower no espaço onde estavam as torres gêmeas do WTC, derrubadas cm 2001. Aqui, junto à ponte e ao antigo edifício da refinaria de açúcar, um espetacular projeto arquitetônico e paisagístico ganha corpo, o Domino Park, concebido por James Corner (High Line Park), no qual cinco torres de apartamentos e escritórios, com arrojadas formas, se associam a ajardinadas plataformas de observação e lazer para redefinir o visual desse trecho do rio. A parte final da Bedford denuncia claramente, pelas novas feições de muitas de suas antigas residências, a revolução por que vem passando o seu uso com a invasão pequeno-burguesa de atividades ligadas a estúdios e galerias de arte, a manifestações das mais diversas associadas a movimentos culturais de vanguarda e a bares e restaurantes com intensa atividade noturna. Aproveitando os aluguéis bem mais baixos que em Manhattan e a liberalização para a instalação de funções não residenciais nos andares superiores, essa área repete hoje, em uma escala mais modesta, o movimento assistido pelo Soho do outro lado do East River nos últimos trinta anos. A linha L do metrô, com suas cinco estações na rua 14 em Manhattan, põe todo o calor noturno dos Villages em ligação direta com a estação Bedford em poucos minutos, colaborando para fazer de seus arredores um dos centros da vida boêmia da cidade. Essa última milha e meia, na Bedford, nas paralelas e transversais, é uma verdadeira sucessão de estabelecimentos que denotam com clareza a vibração contida nesse movimento requalificador de um mercado, agora elegante, intelectualizado, de gosto diversificado, com os *yuppies* de Manhattan formando parte de seus consumidores. Brancos de classe média desenham esse novo espaço hipster da cidade. Mitológico e estereotipado. Olho no 218 e imagino o interior do Mini Mall e o sebo da Spoonbilll & Sugartown, das lojas de roupas exóticas, do Minimarket, do Fabiane's Café & Paste, da Bedford Cheese Shop, das cafeterias. Ao cruzar a 7 vejo o centro de arte interdisciplinar, o WAX (Williamsburg Art Nexus) ainda na vanguarda da arte interativa. Ainda é uma verdadeira Arca de Noé, onde culturas se misturam e a inovação trazida pela "manhattização" convive com os costumes dos imigrantes. Apesar disso, é comum ver nas paredes pichações com os dizeres: "*Yuppies go home*"! Aliás, pichações é o que não falta por aqui, além dos grafites, alguns deles de artistas famosos. A Bedford é um contínuo painel dessa arte/protesto popular. Confesso que há algumas composições extremamente bonitas, deixadas em portas ou paredes sem a menor aspiração de conservação ou perenidade. De vez em quando, em um fim de semana, quebro minha rotina e saio lá da minha modesta Greenpoint e, a pé, venho fazer uma incursão noturna por esta efervescência provocadora, tomando alguma coisa no El Beit, no Fix Café e dando uma longa espiada na Rouch Trade, com suas bancas de CDs, DVDs e velhos discos de vinil. Ou janto nos espaços livres do L Café, que tem boa comida em seu cardápio de belas variantes latinas. Vale a pena!

Próximo à milha 12 corre-me um frio pela espinha. Estou na avenida Nassau, margeando o McCarren Park, a "joia da coroa" de meu bairro, com seus múltiplos centros de esportes e sua tradicional piscina. Olho para a direita, ao cruzar a rua 12, e vejo, imponente, a bela Catedral Ortodoxa Russa, com sua frente para o parque. Nesse trajeto essa grande área verde faz as vezes de porta de entrada do Greenpoint, bairro de origem, história e características funcionais semelhantes aos espaços precedentes. Aqui, porém, a permanência da concentração de pessoas originárias da Polônia dá ao bairro uma singularidade ainda hoje especial em toda a cidade. Cerca da metade de seus quarenta mil habitantes atuais tem como primeiros ancestrais "americanos" imigrantes daquele país. É conhecido também por ser o local de nascimento de um grande símbolo sexual americano: a insolente e provocante atriz Mae West. A maratona atravessa o bairro em pouco mais de uma milha, em uma levíssima "lombada", perceptível somente para os que já estão dispostos a parar antes da metade do desafio, situada mais adiante, sobre a ponte Pulaski. A avenida Manhattan, a principal do bairro, apesar de concentrar o comércio e os serviços, transmite aos corredores a atmosfera calma de uma organização comunitária de pequenas cidades, onde a caminhada ainda é o meio usado para os deslocamentos. O enclave polonês está visível nos letreiros de suas casas comerciais, inclusive com o apelo de que ali se fala a língua mãe, com os dizeres *"Mowimy pó Polsku"* feito com evidência por placas de bom tamanho.

O porte pequeno dos estabelecimentos – aliás, como a maior parte de suas residências de tijolos vermelhos ou mesmo de madeira –, seu estado de conservação e seu estilo apontam uma realidade de muito pouca mobilidade em direção ao novo, ao moderno. É um bairro que se cristalizou com o cimento de uma população de tradicionais trabalhadores assalariados. Quando deixou de ser a pradaria verde que lhe emprestou o nome, lá em meados do século XIX, viu surgir, especialmente junto às margens do East River, a implantação de uma variedade de estabelecimentos industriais e ancilares, pertencentes à mesma onda de crescimento da produção que ocorria igualmente no vizinho Williamsburg. Estaleiros que se tornaram históricos, como o Continental Iron Work, fundições e metalurgias, cerâmicas, vidrarias, fábricas de cordas, grandes depósitos de gás, carvão e madeireiras, além da Astral Oil, primeira refinaria de sucesso, que, pelas mãos de Pratt e seus operários, viria mais tarde a transformar-se na Standard Oil Co., são alguns exemplos de unidades que forraram sua faixa fluvial com uma infinidade de galpões e depósitos. A propaganda enganosa e sempre megalomaníaca já acompanhava, naquele tempo, a divulgação de seus produtos, como a que dizia sem nenhum pudor que "As lâmpadas sagradas do Tibet são abastecidas com o querosene da Astral Oil". Com isso, o bairro se encheu de modestas residências operárias, inclusive com construções de habitações coletivas como o Greenpoint Astral Apartments, edificado para operários de Pratt, hoje um monumento arquitetônico ainda plantado na esquina da Franklin com a Índia e a Java, tomando toda a frente do quarteirão. Algumas indústrias mais modernas estiveram por aqui até há pouco, como a Eberhard Faber Co., difusora da marca Faber-Castell, que, ao mudar para a Pensilvânia e, por fim, ser vendida à Newell Brands, deixou um complexo de nove edifícios, alguns preservados como históricos, de estilo renascentista alemão, hoje em processo de transformação em habitações cooperativas.

A história do país no século XIX, centrada na criação de condições protetoras de uma nascente burguesia nacional independente, definiu uma sucessão de passagens materiais antológicas que ajudam a compreender o sucesso do fortalecimento do capitalismo na "América". A conquista da independência, a vertiginosa expansão territorial que em pouco mais de cinquenta anos chegou ao Pacífico, a abertura do Canal Erie, em 1825, que põe o Atlântico de Nova York em comunicação direta com os Grandes Lagos do ferro, do carvão e do Centro-Oeste, a expansão ferroviária que drena as riquezas do interior para os portos do Nordeste, a Guerra Civil e seu desfecho favorável aos liberais capitalistas do Norte, a abolição da escravatura, as fantásticas ondas migratórias europeias de mão de obra barata, as políticas protecionistas e aquelas ligadas à definição de uma "democracia" rural em certas áreas conquistadas, as riquezas do Oeste fomentadoras de efervescentes movimentos de capitais, os *trusts* e a cartelização da produção, a grande acumulação de haveres materiais produtivos, intelectuais, financeiros e fiduciários, a urbanização e, enfim, a definição do que viria a ser o maior mercado produtor e consumidor do mundo – todos esses momentos históricos têm a explosão da produção industrial como um de seus componentes e corolários. E nesse processo, de dinamismo ímpar em todo o mundo, a cidade-porto de Nova York é um dos polos centralizadores. As terras da pequena Greenpoint são apenas uma parcela da dimensão espacial desse intrincado processo histórico da formação e desenvolvimento da sociedade americana. Mas... é nessas parcelas do espaço real, às vezes muito pequenas, que as coisas se materializam.

Como em Williamsburg, as indústrias foram embora. Após a Segunda Guerra Mundial a faixa portuária do rio se esvaziou. A desocupação construiu um grande espaço que se degradou. O pequeno movimento de transformação de algumas plantas industriais em imóveis ocupados por ateliês de artistas e confecções de vanguarda não chegou a ser significativo diante do volume territorial em abandono. Como tudo costuma conter o seu contrário, hoje esse espaço é, na cidade de Nova York, talvez o objeto do melhor projeto de redefinição paisagista de uso do solo que a cidade conhece. O plano, em pleno andamento, prevê a recuperação de boa parte da orla do East River, por toda a orla, por vários quilômetros, desde o píer 6, no Brooklyn Heights, onde, em sua Promenade, se descortina uma das mais espetaculares vistas da ponta sul de Manhattan, passando pela área do Jumbo, nos baixios das pontes do Brooklyn e Manhattan, com seu píer das barcas, o River Café e o Carrocel, saltando o Navy Yard, ao sul da ponte Williamsburg, para retomar os trechos até a ponte Pulaski, no Newtown Creek, com um rezoneamento de suas funções e a construção de longos espaços verdes abertos à população. Esse movimento de revitalização territorial, que investe em novos usos desses antigos espaços degradados, tem no East River Park, junto à Alphabet City, em Manhattan, e nas bordas do Hudson, em Jersey City e Hoboken, bons exemplos de rearticulação das preocupações com a recuperação e a preservação ambiental, entre o atendimento de generalizadas aspirações ecológicas e a indústria do turismo, esta uma fonte cada vez mais copiosa de recursos financeiros. Aqui no meu bairro já está implantado uma parte desse projeto na rua Kent: o WNCY Transmitterr Park, que já funciona como uma força de atração de empreendimentos imobiliários modernos e luxuosos, como o The Greenpoint, com seus quarenta andares de lofts e apartamentos, o primeiro edifício a sugerir que a transformação assistida em Hanters Point pode estar saltando o Creek e ser a ponta de lança do surgimento de um novo núcleo de verticalização deste aquém Est River, pródigo em oferta de espaço. Quem sabe um dia nossa pequena Polônia, por um ou outro motivo, volte a ser "*green*" de novo!

Entro na avenida Manhattan com os olhos nas calçadas. Tudo me é familiar. Tenho a sensação de que todos torcem por mim. Muitos me acham no meio dos corredores. Ouço, de ambos os lados, gritos de "*Go, Karol, go, go*"! A plataforma da rua ajuda minhas passadas. Elas ganham firmeza e parecem acompanhar o ritmo das pulsações, que se aceleram. Ao mesmo tempo, sinto um contraditório desejo de que o pequeno trecho da avenida tivesse dimensões infinitas, para que pudesse usufruir por mais tempo este sentimento de empatia e solidariedade. "*Go, Karol, go.*" Não consigo deixar de sorrir. É uma espontânea resposta orgânica que foge a qualquer controle. Passo pelo Greenpoint Saving Bank, imponente neorromano, nessa esquina desde 1908. O gosto do chucrute com salsicha me vem à boca quando passo pelo Lomzynianka e pelo adorável Manhattan Three Decker. O Peter Pan, assim como a antiga Chocolatiere Bakery, me traz à lembrança o sabor infantil do "melhor *muffin*" de Nova York, o que excita ao mesmo tempo minhas papilas. Procuro com ansiedade meus familiares e meus amigos mais chegados. Sei que estarão me esperando mais à frente, junto à igreja católica de St. Anthony of Padua, uma construção gótica de 1875, a que mais chama a atenção na avenida, com sua torre solitária em agulha. O entusiasmo é grande. Muitas bandeiras se agitam. Vejo que as polonesas não estão só. Há americanas, mas não são maioria. Perdem em número para as dominicanas, porto-riquenhas, equatorianas, das comunidades latinas que invadiram o norte do bairro nas últimas décadas. Quando passo pelo Salamander Shoes, pelo restaurante Krolewskie Jadlo e diviso, à esquerda e mais à frente, o Christina's, sei que me aproximo do ponto de encontro com os meus. Já os vejo acenando para mim como se eu estivesse chegando de uma guerra. Palmas, fotos e gritos de "*Go, go, go*" acompanham meu nome como se ele fosse o único entre todos os corredores. Aceno com meus braços levantados e mando beijos a todos. Anos de espera foram desfeitos com a rapidez dos acidentes, das circunstâncias. Os próximos quarteirões da avenida Greenpoint e do Boulevard McGuinnes não farão parte de minha corrida. Entrei em estado de extrema excitação. Deixei para trás os olhares que deveria ter lançado sobre os quarteirões do distrito histórico, área preservada desde 1982, com suas igrejas e casas, muitas de madeira, todas do século XIX, como as da rua Kent, onde trabalhei quando criança. Lembranças do comércio de especiarias das casas de outrora, das ruas Java e Índia, por exemplo. É hora de voltar ao "normal". Diviso cada vez mais perto a ponte Pulaski, que me levará ao distrito do Queens. Aqui, nesta ponta do bairro, são os latino-americanos que nos aplaudem maciçamente. Ao passar pela DuPont não perco a vista especial que daqui se tem da ilha de Manhattan, destacando-se a imponência do Empire State e do Chrysler, que se sobressaem em meio ao bloco compacto de arranha-céus dessa parte do Midtown.

Pouco antes da Pulaski, bem à vista de todos, uma grande placa vem logo após a marca das 13 milhas. É a passagem da metade da maratona, na milha 13,1. Nela se cruza a segunda esteira de marcação de tempo. Nela, também, todos os corredores fazem um cálculo mais preciso de suas performances. Os grandes relógios digitais são alvo de todos os olhares. É hora de fazer as contas e projetar o tempo de chegada. São dez para a uma da tarde. Gastei até aqui exatamente duas horas e 25 minutos. Fico entusiasmado, pois minha média estava um pouco acima do esperado. Todos sabem que há uma continha a fazer. Teórica, mas com certa objetividade. Aqueles que estão preparados para seguir no ritmo que os trouxe até aqui devem multiplicar por dois o tempo gasto e acrescentar alguns minutos para ter a marca da chegada. Não vale para todos, é evidente. Mas é o que dizem os entendidos! Faço rapidamente o meu cálculo e não me decepciono com o resultado. Tomara que minha disposição e resistência garantam o acerto do cálculo.

Cruzo a Pulaski, referência física da metade da corrida, com os dedos no nariz. Ainda há mau cheiro por aqui. Reconstruída em 1994 como ponte basculante, a Pulaski passa sobre um braço do East River que adentra o interior por quase 6 quilômetros. Sem outra saída, essa água parada, não renovada, é hoje uma referência de poluição em todo o país. Pantanosa, tóxica, malcheirosa, enche-se de detritos toda vez que chove. "Impossível de limpar", dizem alguns. A maioria dos nova-iorquinos não sabe que ela existe... bem ali em suas barbas! Quanto tempo ainda levará ao Departamento de Proteção Ambiental da cidade – que tem um projeto de despoluição em andamento com a construção, na ponta nordeste do Greenpoint, da grande usina de tratamento de detritos urbanos, jocosamente apelidada de *Brooklyn asshole* – para despoluir e corrigir aquilo que cento e tantos anos de industrialização fizeram com o Newtown Creek? Incluído no plano de subsídios do fundo federal (*superfund*), a recuperação desse corredor vai demorar um pouco. Ainda há esgotos e efluentes industriais que são lançados em suas águas. O que diria Pulaski se tivesse que ficar ali em vida! É... o general Kazimierz Pulaski, herói polonês da independência americana, ainda não conseguiu vencer esta batalha! De qualquer forma, a vista que se tem daqui pra frente da ilha de Manhattan é muito estimuladora. Ao mesmo tempo me pergunto: quem será o corredor que ganhará o prêmio que a Embaixada da Polônia todo ano dá aos primeiros corredores poloneses de ambos os sexos que atravessam a ponte e cruzam a linha de chegada? Saberemos logo. Os jornais ligados à colônia em meu bairro costumam dar destaque a esse acontecimento.

Terminada a pequena subida da ponte, entra-se no Queens, o maior dos *boroughs* de Nova York, com seis vezes a superfície de Manhattan. A maratona, por quase 2 milhas muito planas, fará um zigue-zague pela ponta sul do bairro de Long Island City, exatamente entre a ponte Queensboro e o Newtown

Creek. É o Long Island City. Esse bairro do Queens, que margeia o East River até a estreita passagem do Heel Gate, onde está a divisa com o Bronx, também foi durante muito tempo um local de indústrias e grandes depósitos e um espaço de tranquilos quarteirões residenciais dispostos em uma monótona simetria ortogonal. Se a porção ao norte da ponte assiste, nas últimas décadas, a um processo de substituição de suas antigas funções fabris e, como em outras partes, passa a ser buscada para sediar empreendimentos de natureza cultural e artística, alguns de certo renome, como o Museu do Cinema, o Museu Noguchi Gardens e o Museu de Arte do Queens, a porção sul – o Hunters Point – é uma estreita faixa de areia, em parte conquistada ao rio por aterramentos passados. Fica como que confinada entre o rio a oeste, o Creek ao sul, a ponte ao norte, e o vasto pátio ferroviário a leste. Pouco espaço, poucas ruas, mas um certo charme extraído de históricas fábricas da fronte ribeirinha e de uma intrincada composição de moradias de estilos os mais diferentes, onde os singelos prédios de dois andares de madeira ombreiam com tradicionais edifícios de apartamentos, de três a quatro andares, em estilos neorromanos e vitorianos. De Manhattan, os olhares facilmente localizam o bairro pelo tradicional e imponente neon vermelho rubi, situado até há pouco sobre os telhados da antiga fábrica da Pepsi-Cola. Desativada desde 1999, foi demolida e cedeu lugar a um empreendimento imobiliário com sete torres e 3.200 apartamentos, resposta concreta aos planos de rezoneamento a que o bairro já se submete há alguns anos. Entretanto, o letreiro da marca de uma das mercadorias que muitas vezes se confunde como um símbolo do império do capital americano em todo o mundo continua por uma série de parques até o Plaza State Park, junto ao Creek, espaço público recém-criado junto à orla como resultado da primeira fase de implantação do projeto de renovação urbana do local. Por contrato, essa enorme logomarca aguarda sua mudança para algum lugar no alto de um dos novos prédios e continuará a fazer uma espécie de sutil contraponto com o edifício-sede das Nações Unidas, situado bem à sua frente, do outro lado do rio.

Esse trecho do bairro é mais um exemplo, junto com o novo Hudson Yards, em Manhattan, das formidáveis explosões remodeladoras do perfil visual da cidade, que se assentam em projetos urbanísticos majestosos e criativos e reacendem as especulações financeiras ligadas ao rentismo imobiliário e à expansão dos negócios em geral. Como um polo concentrador de pessoas, investe-se na multiplicação do consumo, visível na difusão de estabelecimentos comerciais e na efervescência noturna, até há pouco inexistente. Habitar um de seus novos edifícios é morar em um dos mais caros metros quadrados de Nova York. E o que dizer da visão cinematográfica da Midtown de Manhattan?!

Outro projeto arquitetônico recentemente concluído que consumiu mais de um bilhão de dólares foi o que deu um novo porte físico e modernizou os dois estúdios Silvercup, junto à ponte Queensboro e ao Creek — estúdios que hoje sustentam grande parte da produção cinematográfica do país, com séries de grande sucesso como *Sex and the City* e *Sopranos* e filmes icônicos como *Gangues de Nova York*, *O Diabo Veste Prada* e *Julie & Julia*, entre outros. Um conjunto de três arrojadas torres comerciais e residenciais, de quarenta a sessenta andares, dará em breve uma nova paisagem a essa margem do rio. Outras áreas deverão sofrer melhoramentos associados à criação e ampliação de áreas verdes, de descanso e lazer, como a sonhada valorização das bordas do Creek.

Aqui o trajeto da maratona é praticamente plano e se situa quase na linha da água do East River. Seu vaivém tem no Boulevard Vernon seu ponto mais excitante e bonito. Rua larga, residencial por excelência, com bonitas e coloridas *brownstones* de pequenas lojas, a igreja St. Mary's e os cafés, bares e restaurantes mais procurados do bairro, como Lounge 47, Tournesol, Comunitea, Dominie's Hoeh, LIC e muitos outros derivados da gentrificação do local. Na altura do distrito histórico, onde está a rua 45, há maravilhas arquitetônicas para se ver, como as fileiras de casas vitorianas da década de 1870. Junto à milha 14, os que se sentem meio desestimulados pelo cansaço das pernas, pelas dores nos pés ou pela falta de apoio popular, voltam a tomar um banho de entusiasmo ao passar pela segunda zona de aplauso (*cheering zone*): *arriba* México, *go* Laurent, viva Brasil, vai Manuel, e outros gritos de incentivo e identificações se ouvem em uma explosão de alegria e incentivo. O público oferece alimentos, refrigerantes, frutas. Vejo alguns aceitarem as ofertas de bananas. Sirvo-me de água para refrescar minha cabeça e da garrafa de isotônico para preservar minha hidratação, coisas que teria feito antes se não estivesse tão concentrada na travessia do Greenpoint. À minha esquerda, a bela silhueta dos arranha-céus do Midtown East e, à direita, o edifício One Court Square, conhecido como Citicorp, em cujo topo o logotipo do Citi, substituído pelo da companhia de telecomunicação Altice, reinou, soberano, desde sua construção. Foi por muito tempo o maior fora de Manhattan e um cada vez mais imponente símbolo moderno, pioneiro na conquista do Queens pelas funções antes só vistas em Manhattan; inaugurado em 1990, com cinquenta andares de escritórios e apartamentos, esse edifício se situa em um dos mais importantes entroncamentos metroviários da cidade. Quem desce na estação de Court Square das linhas G, E e F tem a opção de sair dentro de seu saguão principal. Quem desce na Queens Plaza, pela N, ou na rua 45 com a Court House Square, pela 7, está praticamente também às suas portas. Pepsi-Cola de um lado, Citicorp de outro... são sinais que ironicamente recebo como sugestão para pensar em estratégias e táticas para vencer a concorrência com meu cansaço nesse restante de corrida!

    Chega de devaneios. Hora de olhar o que vem pela frente! É o desafio da travessia da Queensboro, a única via de superfície a ligar diretamente o Queens a Manhattan. Aberta ao tráfego em 1909, essa pesada estrutura trançada em aço corre a cerca de 40 metros acima da linha da água. Para quem na milha 15 estava a cerca de 6 ou 7 metros de altitude, subir mais de 30 em 1.000 metros é vencer uma rampa média de 3,3%. Que bom seria se a média existisse! Parece que é o maior desafio que vou enfrentar. Pego um copo de água na estação da entrada da ponte e o reservo para sorvê-lo durante a travessia. Subo, como todos, por um aclive extremamente forte, diminuindo minha velocidade. Olho mais para o chão do que para a frente, como uma forma de enganar meus sentidos. A ponte é pesada. Um tanto fechada pela quantidade de "fios" de suas tramas e urdiduras. Isso interfere um pouco na apreciação do que está embaixo e à frente. Pior ainda porque corremos pela plataforma de baixo, onde há quatro pistas para carros e mais duas laterais para pedestres e ciclistas... e um teto escuro logo acima de nossas cabeças. Somadas às quatro pistas da plataforma superior, que já deu passagem a linhas de trens, a ponte vê trafegar diariamente cerca de duzentos mil veículos. É longa, com seus 2.300 metros, contadas as aproximações. Enquanto vou vencendo a rampa de acesso, olho à minha direita a extensão do maior *project* do NYCHA na cidade. Criado em 1934 e inaugurado em 1939, o Queensbridge Houses, em seus dois complexos, contempla cerca de sete mil moradores, alojados em suas 96 unidades de seis andares, com 3.142 apartamentos. Entre eles, 61% são negros, 30% são hispânicos e somente pouco mais de 2% são brancos não hispânicos – um material didático até para a mais elementar observação crítica da problemática socioeconômica que permeia a cidade. Praticamente não há um conjunto que este no hemisfério ocidental. Para atravessar o East River, essa ponte se apoia em quatro pesados pedestais, dois dos quais assentados na Roosevelt Island, formidável flecha de terra de 3 quilômetros de comprimento por 240 metros de largura, situada bem no meio do rio. Quando passamos por eles a visão da extensão norte da ilha é melhor do que a do sul. Mesmo assim, dá para constatar que esse pedaço da cidade que pertence à *Big Apple* é como se fosse um pequeno paraíso de quietude e tranquilidade a apenas 50 ou 60 metros da frenética Manhattan. Desde o século XIX abrigou vários hospitais psiquiátricos, asilos e instituições correcionais, assim como a Welfare Penitentiary até o ano de 1935, tendo por isso sido nomeada de Welfare Island até 1973. Terra pública do condado de Nova York, está arrendada, desde 1969, ao Comitê de Desenvolvimento Urbano do Estado, que ali ainda mantém o Cooler Speciality Hospital, formado desde 1996 pela união dos dois hospitais públicos então existentes – o Goldwater Memorial e o Coler Memorial – e um projeto bem sucedido de cinco mil alojamentos cooperativos em muitos edifícios simétricos, destinados, entre outros, a uma população de pensionistas da previdência, deficientes, mutilados de guerra, todos de baixa renda. Desde 2014, a ponta sul da ilha, onde se localizava o Goldwater Memorial, vem sendo ocupada pelos modernos edifícios, já construídos e ainda em construção, da extensão nova-iorquina da Universidade de Cornell, a Cornell Tech, formada pela fusão com o Instituto Israelita de Tecnologia, o Techicon, para quem foi cedida a área pela municipalidade. Esse campus de tecnologia já está em operação no local em parte do arrojado projeto em construção desde 2017, devendo terminar somente em 2037.

O posicionamento dessa ilha em relação ao coração da cidade faz dela, hoje, um lugar cobiçado por diversas categorias de trabalhadores. Exemplo disso é o fato de abrigar muitos funcionários, até de altos escalões, dos corpos diplomáticos e das Nações Unidas. Outros empreendimentos imobiliários residenciais estão em construção, atendendo a uma demanda crescente em uma área extremamente pequena, mas privilegiada quanto à localização. Seu acesso, um tanto limitado, é feito por uma estação de metrô da linha Q, pelo teleférico da rua 60 e por uma linha de ônibus do Queens, que a acessa através de uma pequena ponte levadiça. Lugar desprezado pelos milhões de turistas, a *Little Apple*, como é conhecida, oferece, além do bucolismo com os passeios por suas áreas verdes, a oportunidade de degustar um sorvete no jardim fronteiriço com apequena capela do Bom Pastor, de 1889, sentar em um dos bancos de madeira dispostos em sua margem oeste e deixar-se embeber pela vista magnífica de muitos quilômetros do riquíssimo frontão leste da *Big Apple*.

DA 1ª AVENIDA, EM MANHATTAN, AO BRONX
—

Tudo isso me ajuda a atravessar aquela que é popularmente conhecida como a "Ponte da Rua 59", imortalizada pela canção de Paul Simon e Art Garfunkel e pelo cinema, que vira e mexe a coloca em excitantes cenas, como em um dos filmes recentes do Homem-Aranha. É hora de tomar o maior cuidado com a descida em curva que se faz na saída da ponte, junto à 2ª Avenida, lugar de muitos acidentes. Essa curva tem até uma parede protetora para os corredores cadeirantes. É um lugar emblemático para todos os participantes. Afinal, é por ele que se vai entrar na tão esperada ilha de Manhattan para correr as 4 longas milhas da 1ª Avenida até a ponte Willis, no Bronx. Tomo cuidado redobrado. Com a curva, com o piso, com minhas passadas, com os corredores afoitos e com o público, aqui entusiasmadíssimo.

Vejo o quanto mudou o lugar onde a ponte encontra a rua 59. A recuperação de seus baixios, já na pista inclinada, através de cuidadoso projeto de arquitetura e decoração, devolveu um espaço sem uso, há muito tempo ocupado pelo desprezo e pelos ratos, à sua função original de mercado aberto, associado agora a simpáticos cafés e restaurantes. É mais um belo ponto de encontro para os habitantes da cidade, onde ainda se veem em pleno novembro suas árvores floridas de amarelo. E é também um dos locais da corrida em que se percebe a presença dos controles feitos pelos organizadores com câmeras de vídeo. São os chamados *video chekpoints*, um dos apelos para que os corredores tomem o cuidado de deixar seus números bem visíveis nas camisetas.

Terminada a alça de acesso à avenida, passo por baixo da ponte, que aqui tem um interessante teto em abóbadas. De ambos os lados, as longas fileiras dos banheiros portáteis verdes aparecem pela quarta vez aos corredores. Diviso, à minha frente, um verdadeiro infinito. Dois paredões de edifícios, não muito altos, formando um longo corredor de mais de 5 quilômetros que vai se estreitando para um ponto de fuga distante dali quase setenta quarteirões. Inicialmente, por meia milha, continua-se descendo para ganhar uma espécie de platô por mais 1 milha e meia, até a rua 90, quando se desce bruscamente para um nível próximo a zero, por 2 milhas, até a pequena subida da ponte Willis, na 127. A 1ª Avenida, acima da 59, corta vários setores da cidade com nomes e características históricas, arquitetônicas e sociais bastante distintas. Até a rua 96 é o Upper East Side, que tem na sua parte superior o bairro de Yorkville, centrado na altura da 86. Daí até seu extremo norte, nas margens do rio Harlem, é o espaço do East Harlem, com subdivisões como o El Barrio, o Harlem espanhol, na sua porção sul, por exemplo. Entretanto, apesar de todas as diferenciações que se possa fazer, ela é fundamentalmente uma avenida residencial. O comércio existente está mais ligado à manutenção básica do consumo de seus moradores, mais abonados ao sul que ao norte. Os seus dois grandes hospitais, entretanto, são exceções, pois funcionam como referência para toda a cidade e outras partes do país: entre a rua 67 e 68, o Memorial Sloan Kettering Cancer Center que remete à Universidade Rockefeller, um quarteirão abaixo, fundada em 1901 como instituto de pesquisa médica, com seu hospital na avenida York e aos cinco novos edifícios de sua expansão pelas Beaux-Arts; e na 97/99, mais ao norte, o HHC-Metropolitan, o maior do sistema de saúde do país, hospital-escola, público, associado ao New York Medical College, que atende mais de 75 mil pacientes por ano.

O Upper East Side como um todo, entretanto, não é um espaço homogêneo. Ele contém uma diferença interna básica, fundada na posição que seus habitantes ocupam no contexto socioeconômico. Enquanto os setores mais próximos do Central Park, formados pela 5ª, Madison, Park e porções da avenida Lexington, são conhecidos como *gold coast* pelo luxo e pela riqueza que seus moradores ostentam, a faixa mais próxima ao East River – avenidas 3ª, 2ª, 1ª e York – é habitada por pessoas de menor poder aquisitivo, que as põe bem longe dos hábitos e exigências de seus vizinhos que se locupletam com um viver próprio dos que concentram riquezas inimagináveis. Suas feições arquitetônicas e seu comércio de rua são atestados vivos dessa diferenciação. Suas antigas residências térreas mais modestas, que muitas vezes quase tomam conta de quarteirões inteiros, se associam a edifícios do pré e pós-guerra, geralmente nunca com mais de dois dormitórios. Indistintamente, tanto uns quanto outros vêm sendo objeto de interesse de famílias em ascensão econômica e de um novo estamento de profissionais liberais, cujo número de solteiros comanda a conversão de muitas unidades em estúdios. Nesse corte transversal do bairro, a avenida York, que dá para o rio, volta a ser um objeto de maior valorização pelo mercado por beneficiar-se da atmosfera aberta e aprazível do fronte ribeirinho. Cresce o interesse imobiliário por esse pedaço da cidade: muitos projetos novos de alto padrão arquitetônico, geralmente de um ou dois dormitórios, "descem" da Lexington na direção às primeiras avenidas. O melhor exemplo disso é a comunidade de Yorkville, limitada pela 3ª Avenida e ruas 79 e 96 – hoje, cada vez mais um conjunto moderno de edifícios de classe média superior. O antigo bairro habitado por alemães e húngaros teve a rua 86, até há pouco tempo, chamada de a "Broadway alemã". Ali cresceu o menino James Cagney e, na 93, viveram por um bom tempo os irmãos Marx. Durante a Segunda Guerra, foi palco de muitas escaramuças entre prós e antinazistas. Seu comércio perdeu nas últimas décadas a filiação clara que mantinha com essas duas comunidades. As tradicionais padarias Rigo, Konditorei, a casa Brema, o restaurante Mokka, não resistiram. Alguma coisa ainda resta, como a padaria Orwashers, a charcutaria e mantimentos Schaller & de Weber, que dão um toque personalista a este antigo enclave da cidade, apesar de tudo, ainda bastante sossegado.

São por essas feições contemporâneas que atravessarei a 1ª Avenida, sem poder dar a elas muita atenção. Tenho que me preocupar mais com meus níveis de ácido lácteo e minha hidratação, tomando uma quantidade pequena da bebida que me fornecerá um pouco de carboidrato, sódio e potássio. Em meio a calorosos aplausos e aos numerosos grupos de música que a avenida reserva nesse início aos concorrentes, muitos papéis picados que caem dos edifícios se misturam aos copos de plásticos descartados e formam um verdadeiro tapete de armadilhas, em que a falta de cuidado pode significar, muitas vezes, uma entorse ou um desconcertante escorregão. É o trecho da maratona com maior volume de gente nas calçadas e o mais barulhento de todos, o que atrapalha bastante a concentração. Pelo seu perfil topográfico, ele recomenda aproveitar o máximo possível as longas e suaves descidas para compensar o que foi perdido na subida da ponte da rua 59. Logo no começo, olho à direita para a rua 61 e vejo uma das mais antigas moradias da ilha, construída em 1795 pela filha do segundo presidente americano, John Adams, reformada em 1826, e que hoje abriga o Mount Vernon Hotel Museum & Garden, antigo museu Abigail Adams Smith, com importante coleção de móveis antigos. Na esquina, o arrojado Bauhaus de sete andares de tijolo e vidro, pioneiro da renovação, datado de 1947. Na 69, quinze andares de habitação coletiva, de 1963, à semelhança dos *grands ensembles* que Le Corbusier inovou em Marselha logo depois do fim da Segunda Guerra.

Na altura da rua 75 está a milha 17. Aqui fica a mais extensa área de distribuição de água e isotônicos da corrida. É a *Poland spring hydration zone*, que se situa nas imediações da sede da patrocinadora de toda a água distribuída durante a corrida. Só na largada são cerca de 70 mil garrafinhas. Nessa estação, os corredores são municiados também com esponjas encharcadas de água para se refrescarem. Eles poderão encharcá-las novamente, a partir da milha 19, em todas as estações até o final, nos baldes encontrados logo depois das mesas de distribuição dos copos de água. São os *SpongeBob SquarePlants*. Muito ruído, muita música, muitos voluntários querendo ajudar na distribuição. Esse trecho faz as vezes de gargalo na corrida, com uma sensível diminuição do ritmo dos que a estão levando a sério.

Atravesso, em seguida, com menor agitação, o bairro de Yorkville, pensando que tudo aquilo havia sido, até o final do século XIX, um espaço rural, distante do núcleo central da cidade. Na altura da rua 88, junto às águas do East River, uma joia da arquitetura monumental em madeira ainda está lá cravada em meio ao Park Carl Schurz: é Gracie Mansion, construída em 1799 como casa de campo por Archibald Gracie, magnata escocês dos transportes. A casa teve vários moradores até que, em 1896, foi incorporada à cidade como patrimônio público, juntamente às terras da propriedade que deram origem ao parque em que se situa. Além de ter sido o Museu da Cidade, teve várias outras destinações até ser convertida, em 1942, em residência do prefeito de Nova York que, diga-se de passagem, nem sempre mora lá. Restaurada várias vezes, tem parte aberta à visitação pública, além de seus anexos. O parque, riquíssimo em espécies florais, proporciona excepcionais vistas panorâmicas da porção norte do East River com suas pontes, ilhas, partes do Queens e do complexo viário que por ali passa conectando várias seções do espaço novaiorquino.

Logo em seguida, na milha 18, junto às mesas de água, há uma estação de distribuição de energizantes PowerGel com vários sabores. É a chamada zona de energia. Produzidos também pela Nestlé, como a Poland Spring, suas composições diferem das do Gatorade, por conterem mais carboidrato e mais potássio, sendo assim mais calóricos. Há também a distribuição de PowerBar, uma espécie de barra de cereais. Mastigo. Abasteço-me com algumas doações, guardando-as em meus bolsos em uma espécie de lastro estratégico para qualquer necessidade de dar uma "bombada" em minhas forças. Já não estou conseguindo mais manter, depois de corridos trinta quilômetros, a minha relação ideal entre passadas e inspirações. Já me sinto ofegante, apesar de o ritmo ter diminuído significativamente. O perfil do trecho, porém, ajuda. E o fato de me envolver com a observação da paisagem urbana naquilo que ela sugere de história, símbolos arquitetônicos ou urbanísticos, passagens ou fatos pitorescos, ajuda a retirar da mecânica da corrida a fixação pela performance física e a transferir para o espírito o interesse pelas maravilhas que a análise do tempo proporciona em qualquer circunstância. Uma cidade como esta tem um significado simbólico para o entendimento da macro-história nacional. Eu iria até mais longe, dizendo que parte da compreensão do que foi e vai pelo mundo, nesses últimos cento e tantos anos, está aqui hoje à minha frente, instigando minha capacidade de análises e de sínteses reflexivas. A paisagem é sempre um repositório de tempos que se imbricam, oferecendo aos olhos de quem a observa uma espécie de baú de ossos a guardar documentos a ser decifrados. A História dos homens não pode ser feita a partir das objetividades dos laboratórios, nem de modelos e formulações teóricas que se inspiram nas matemáticas. Ela tem que ser decifrada a partir das aparências materiais que o mundo oferece, do cruzamento das documentações fragmentárias produzidas pelas milhares de iniciativas, pela diversidade de fatos e instâncias que acontecem no interior dinâmico de processos temporais complexos, pelos arsenais teóricos, pelo ferramental dos conhecimentos já positivados, pelo jogo articulado das induções intuitivas, das deduções objetivas e, para abreviar, das posturas críticas dos que lidam com a dialética dos conflitos. Esta cidade é um laboratório excitante para o exercício dessa busca de entendimento do mundo que mais separa que une, mais distancia que aproxima, mais descarta que aproveita, mais infelicita que afortuna, mais destrói que preserva, mais mata que salva, mais odeia que ama. A maratona, entendida por alguns como expressão concreta de uma fraternidade unificadora, é muito mais uma experiência mistificadora do que um exercício de um sentimento ingênuo de união universalizadora.

Minhas lucubrações são interrompidas quando vejo, à esquerda, na altura da rua 90, entre a 2ª e a 3ª Avenidas, o talvez maior marco visual de toda a renovação recente por que passa o lado leste do Upper Side: as três torres de Ruppert, com seu pesado desenho de 24 a 42 andares e centenas de apartamentos do condomínio para a classe média-alta, edificadas em 1976 no local da antiga cervejaria de Jacob Ruppert, fechada em 1965, que produziu milhões de garrafas e barris por uma centena de anos, da qual o carro-chefe era a cerveja Knickerbocker, "a cerveja que satisfaz". Ainda na 3ª com a rua 96, desponta, em meio ao casario, o alto minarete da mesquita do Centro Cultural Islâmico de Nova York, um misto de proposta formal contemporânea e tradicional, concluído em 1989. Com esse espírito um tanto cético, entro em um território que me dá forças para atravessar as adversidades da competição. É o El Barrio, a ponta de lança sul de uma Manhattam mais pobre, mais sofrida, mais discriminada, mas, quem sabe, idiossincrasias à parte, mais humana e verdadeira. É o antigo Harlem italiano, que nos mapas da cidade, em 1920, era chamado de *Little Italy*. Hoje é de fala espanhola, invadido maciçamente por porto-riquenhos depois da década de 1950, muito embora haja também outros latino-americanos de várias procedências, como o enclave mexicano nos arredores da rua 110. À minha direita, passo pelo Thomas Jefferson Park, uma ilha de alegria que incentiva e anima. São três quarteirões de verdes gramados, *playgrounds* e campos de jogos que vão até a foz do Harlem River, defronte às Randall's e Ward's Island. À esquerda, por sete quarteirões, mais de cinquenta edifícios da Housing Authority atingem a Lenox Avenue, um além da 5ª. Uma quadra abaixo, na Pleasant, está instalado o Manhattan Center for Science and Mathematics, escola pública secundária de alto nível, parceira de várias universidades, como a Columbia, Cornell, Cuny, NYU, e que atende a formação de mais de 1,7 mil alunos. Da 114 a 120, ainda estão lá os italianos a lembrar a primeira onda de ocupação desses quarteirões do norte da cidade, no final do século XIX e começo do XX. O Harlem italiano começava já na 96, altura em que gravitava, exuberante e buliçoso, aquele que talvez tenha sido o maior mercado a céu aberto da cidade, com suas barracas de rua portáteis, carroças e carrinhos de mão.

Volta o barulho das bandas, das palmas, dos incentivos multilíngues, acompanhados sempre do "*go, go, go*" tradicional. A quantidade de negros aumenta bastante entre a multidão. Eles estão por toda parte, porém, até aqui, em toda a corrida, não atravessei nenhum bairro eminentemente negro. Lá atrás, ainda no Brooklyn, quando a Lafayette encontra a Bedford, o percurso bordeja uma das mais importantes áreas ocupadas fundamentalmente por uma população *black*, os bairros de

Bedford-Stuyvesant, Flatbush, Crown Heights, Brownsville, Canarsie, East New York. E olha que Nova York têm muitos deles. Os próximos 6 quilômetros representarão bem as regiões povoadas por esses americanos que, na cidade, superam a cifra de 23% dos habitantes, sem contar os de origem antilhana.

Muitas pessoas invadem o asfalto para ajudar a distribuir água, isotônico, barras de energéticos e frutas diversas. Lamento que não haja quem possa me oferecer um par de pernas novas. Confesso que meu corpo dá contundentes sinais de exaustão. Tenho vontade de acompanhar muitos que preferem andar. São cada vez maiores os grupos que ficam para trás porque optaram por um descanso, mas continuam. Estou a uma milha do Bronx. O Bronx é um *borough* que pouco conheço. Lembro-me de ter vindo ainda molecote com minha família para um piquenique no zoológico, localizado em seu gigantesco e imperdível parque, aberto em 1899 e que tem hoje, além da proteção de espécies em extinção, um projeto de reproduzir com a maior fidelidade possível as condições naturais de vida de uma infinidade de animais. Prometo a mim mesmo homenagear esse fantástico pedaço da cidade, voltando para conhecê-lo melhor, sem trazer comigo aquele espírito que por muito tempo afastou meus concidadãos dessa terra firme por onde minha cidade ingressa no continente, por conta de sua má fama de violento, perigoso e traiçoeiro. Garanto que volto... mas de metrô.

Quando passo pela antiga rua 125, hoje Boulevard Martin Luther King Jr., atravesso o complexo da entrada da ponte

Triborough, importante ligação com o norte do Queens e com as vias expressas do centro e sul do Bronx, como a 87 e a 95, que põem a cidade em comunicação com os subúrbios setentrionais e com toda a Nova Inglaterra. Mais de vinte blocos de *project*s ganham os dois lados da avenida. Estou a duas quadras da ponte Willis, pesada estrutura de aço em desenho assimétrico, que marca o final da reta da 1ª Avenida e a travessia do rio Harlem, para ingressar no Bronx pela avenida que tem o seu nome. Construída entre 1897 e 1901, foi a quarta ponte a atender aos crescentes reclamos de comunicação de um Bronx em franca industrialização e povoamento com o restante da cidade. Apesar das pistas de pedestres e de ciclistas, mais as quatro de rolamento que ficam 8 metros acima do nível médio das águas do rio, sua estrutura móvel permite, como as demais onze pontes do Harlem, a passagem franca de embarcações de até 30 metros de altura. A ponte ficou velha demais para atender as exigências da modernidade, e uma reforma para permitir mais segurança a uma capacidade maior de tráfego foi descartada, decidindo-se então pela construção de uma nova ponte, inaugurada em 2010. A ponte desativada enfrentou um desafio pitoresco: até 2007 ela esteve à venda por 1,00 dólar, desde que o comprador se comprometesse a não destruí-la, mantendo a extensão histórica de seu balanço exatamente como uma ponte. E ainda havia uma "colher de chá". A entrega seria gratuita até uma distância de 24 quilômetros. Ninguém se habilitou a preservá-la. Nem mesmo o poder público, que bem poderia ter feito dela um monumento, ali mesmo, onde não faltam espaços vazios à espera de gentrificação. Foi levada para um píer em Nova Jersey para ser vendida como sucata.

Assim que atravesso a ponte na companhia de uma turma de corredores fantasiados, ainda com fôlego para algazarras e brincadeiras, sinto-me um pouco aliviado, pois deixei para trás uma etapa razoável em distância, já que à minha frente diviso bem clara a marca de 20 milhas, conhecida como *The Wall*. Essa marca e esse nome apontam um fenômeno fisiológico e mental conhecido como "quebra de rendimento". Por volta dos 30 a 35 quilômetros, por conta de um natural esgotamento dos estoques de energia do corpo em face do elevado consumo do glicogênio muscular e da glicose sanguínea, é comum o corredor sentir dor de cabeça, cãibras, queda de pressão arterial, sudorese excessiva, irritabilidade, desânimo, tudo concorrendo para um estado de generalizado mal-estar. Essa barreira, que muitos creem ser mais um mito que verdade, varia de pessoa para pessoa e é resultado de uma conjunção de condicionantes, como o arcabouço genético, a disposição física, o estado do tempo, a natureza do percurso, a reposição calórica e a hidratação durante a prova, além do preparo psicológico para a empreitada. Como tudo isso hoje em dia vem atendendo, cada vez mais, a preceitos científicos, a barreira da fadiga muscular e da hipoglicemia tende a ficar mais distante, mal afetando a performance dos verdadeiros maratonistas e ultramaratonistas, dados os avanços na área dos treinamentos e da nutrição.

A entrada no Bronx assinala que já nos direcionamos para a reta final da corrida, assim que atravessarmos a ponte Madison, daqui a 1 milha. Esses 1.600 metros são barulhentos. Em seu meio fica mais uma zona de aplauso. O reaparecimento de uma torcida em bloco, com música, bandeiras e os clássicos gritos de incentivo — "*go, go, go*" — são sempre alentadores para os calcanhares e os pulmões. Da avenida Willis toma-se a rua 138 até a avenida Morris para virar à esquerda na 149, passando pelo viaduto sobre os trilhos dos trens, e tomar, novamente à esquerda, a Grand Concourse, que vai desembocar diretamente na ponte Madson para ganhar Manhattan. Esse pequeno trecho em suave aclive é um contundente exemplo de que a relatividade não pode ser desprezada. As duas paredes verdes dos toaletes portáteis me chamam a atenção. Vejo muita gente entrando e saindo delas. Confesso que até aqui não senti nenhuma necessidade de visitá-las.

Esse trajeto em curva pelo Bronx corta o sul do bairro de Mott Haven, habitado em mais de 75% pelos hispânicos. É menos simpático e atrativo que todos os demais trajetos da maratona. Tem praticamente a mesma extensão da parte inicial, lá na Staten Island e ponte Verrazano, mas não desfruta das mesmas simpatias da mídia, nem das mesmas qualidades estéticas, nem das diversidades dos demais *boroughs* e bairros por onde a maratona se desenha. É como se o Bronx fosse mesmo o espaço novaiorquino mais marginalizado, menos encantador. E sabemos que não é assim. Bem antes de outros locais desse litoral recortado onde está Nova York, suas terras interessaram a um imigrante sueco de nome Jonas Bronck, que, no começo do século XVII, aí se instalou para explorar essa ponta de terras virgens. Como corruptela, o Bronx repete ao norte a designação que o nome Brooklyn dá à área onde ficavam as antigas terras pantanosas do sul ocidental de Long Island, à qual os colonos holandeses do começo do século XVII deram o nome de Breukelen, em homenagem à pequena localidade europeia, vizinha de Utrecht.

O Bronx no começo do século XX foi palco da expansão industrial e residencial da cidade, tendo sido importante espaço de localização de sua comunidade judia. A avenida Grand Concourse ainda hoje tem alguns exemplares de residências *art déco* que testemunham o gosto e a riqueza do grande Boulevard de inspiração parisiense e o esplendor que foram os anos 1920 e 1930. Sua população alterou-se significativamente após a Segunda Grande Guerra, com a inflexão de toda a economia da cidade. A degradação imobiliária de muitas de suas áreas residenciais e industriais propiciou a sua ocupação por populações do Harlem negro e por uma maciça entrada de latino-americanos, principalmente porto-riquenhos e mexicanos, o que contribuiu para construir, por conta da expansão das áreas de pobreza que acompanhou esses novos habitantes, a sua atmosfera, até recentemente um espaço de esgarçadura social, de consumo público de drogas e delinquência. Hoje o Bronx é um espaço que assiste a diferentes projetos de renovação urbana e de recuperação de sua segurança pública, nem sempre, diga-se, com o resultado esperado pela municipalidade. Há formidáveis e belíssimos parques. Entre eles, o Pelham Bay e o Van Cortlandt destacam-se como os maiores da cidade. Ainda, cortado pelo rio Bronx, no centro do *borough*, o Bronx Park impõe-se, majestoso, com seus imperdíveis Jardim Botânico e Jardim Zoológico e a católica Universidade Fordham. Alguns bairros residenciais de classe média alta, de brancos não latinos, como os situados na sua ponta sudeste e a "verdadeira" Little Italy da Arthur Avenue e adjacências, com seu Market, suas padarias e seus cafés, que dão um toque contrastante com muitos outros espaços do *borough*, pelos evidentes sinais exteriores de consumo da modernidade burguesa.

Ao ingressar na rampa que dá acesso à ponte Madison, vejo pelo canto dos olhos o Hospital Comunitário, o Museu de Arte do Bronx e o emblemático Yankee Stadium, o mais celebre estádio de beisebol do país, que acomodaria com folga todos os corredores da maratona. Esta ponte de ferro pertence à mesma fase histórica do avanço da cidade para o norte, em finais do século XIX. A ponte original é de 1884, mas os imperativos do crescimento exigiram que uma nova entrasse em operação já em 1910. Reformada e repintada em 2005, suas quatro pistas suportam um tráfego de cinquenta mil veículos por dia, em uma ligação importante entre Manhattan e o Bronx, ligando as avenidas Madison e 5ª à Grand Concours.

DA PONTE MADSON, PELA 5ª AVENIDA EM MANHATTAN, ATÉ A LINHA DE CHEGADA, NO CENTRAL PARK

Afinal, reentro em Manhattan pelo "mergulho" que a pista proporciona quando saio da ponte e passo pela milha 21. Pego um copo d'água na primeira mesa da longa fila. Na última, molho minha esponja em um dos tanques e, em seguida, a espremo sobre minha cabeça. É reconfortante sentir a água fria descer pelo pescoço e molhar ainda mais a camiseta. Tenho os olhos um pouco embaçados pela umidade, mas recomponho a visão passando a mão levemente por eles. Por um quarteirão corro pela 138, para virar à esquerda na 5ª Avenida, que, afinal, deverá me levar por 3 milhas até a entrada do Central Park, onde está à minha espera o corredor de chegada e sua marca-limite, desde já uma imagem recorrente. Daqui da entrada da 5ª Avenida, por 2 milhas, o perfil do piso desenha uma suave lombada, cujo topo está na altura do Marcus Garvey Park, onde há um pequeno promontório de rocha nua aflorada da espinha dorsal xistosa que dá sustentação geológica à ilha mãe.

Contornado o parque, volta-se à 5ª Avenida e, por meia milha, desce-se a lombada até a rua 110, onde começa o Central Park. Daí até a rua 90, por vinte ruas, enfrenta-se aquele que talvez seja o maior desafio de todo o percurso: uma subida forte de três quartos de milha – 1.200 metros – que nasce na cota de 8 metros e vai para um platô de 33 metros por uma milha. Depois de correr quase 34 quilômetros, esse obstáculo torna-se um gigantesco tira-teima. Não é à toa que essa rampa de 25 metros de desnível é conhecida e temida pelos participantes. Já dentro do Central Park, há uma forte descida na milha 24,5, logo depois uma lombada de 1 milha, até a milha 25,5. Aí vem a subida para o platô da rua 59 e, por fim, da curva do Columbus Circle até o final, o derradeiro trecho da maratona, também em subida, de cerca de 400 metros! É isso que tenho que enfrentar a partir de agora. Pela primeira vez, corro na direção sul, rumo ao coração da ilha de Manhattan, que muitos, de forma reducionista, confundem como sendo sinônimo de Nova York. Felizmente o vento está a favor. E como isso torna-se importante!

Da ponte Madison até o Central Park, por 2 milhas, vou atravessar o Harlem negro no seu limite oriental, bairro que carrega todo um simbolismo, associado à concentração de uma população que escreveu nesse pedaço de chão, em todo o correr do século XX, uma história de euforia, decadência, marginalidades, privações e lutas por direitos, derivada de sua condição advinda de uma sociedade escravocrata altamente preconceituosa e separatista. Apesar do caráter dessa oposição racial ser mais radical no "Velho Sul americano", cuja economia gravitou em torno da exploração da mão de obra escrava até o final da sangrenta Guerra Civil, em 1865, a abolição, mesmo em outras partes do país, não veio acompanhada de nenhuma preocupação institucional e de nenhum projeto de inclusão que proporcionassem meios e instrumentos para fazer dos antigos escravos negros cidadãos comuns. Por um longo período foram tratados como comunidades separadas e inferiores, sujeitas a legislações estaduais diferentes, porém todas marcadas pela discriminação de seus direitos, cujo alcance chegava às áreas de moradia, às áreas de cemitérios, igrejas, espaços públicos, transportes etc. Isso, evidentemente, contribuiu para segregá-los em todo o país. Nos estados do norte atlântico, a economia de inspiração capitalista aboliu a escravidão bem antes da Guerra Civil. No estado de Nova York, por exemplo, em 1827 não havia mais escravos e a ampliação quantitativa da oferta de trabalho era uma necessidade do nascente foco do florescimento de uma sociedade liberal-capitalista na América. A cidade de Nova York, como tantas outras, desde cedo foi um destino procurado pelos negros alforriados, que nela eram acolhidos com menor rejeição. Aliás, não só pelos negros, mas por todo um arco-íris de populações desarraigadas em várias partes do mundo. Nova York cresceu como uma cidade multirracial, multinacional. Nela havia trabalho, ou uma expectativa de trabalho. A concorrência com as ondas de imigrantes, que vai se estabelecer a partir do início da segunda metade do século XIX, não afetou essas correntes migratórias internas de acomodação existencial.

A ocupação negra do Harlem se deu fundamentalmente após o colapso do mercado imobiliário dos anos de 1904 e 1905, ocasião em que um empreendedor negro chamado Philip Payton, que havia se capitalizado como gerente de cortiços e corretor de imóveis, através da Afro-American Realty Company, compra um grande número de propriedades de brancos em dificuldade financeira, reforma-as e aluga ou vende a uma classe média de negros a preços inferiores aos praticados pelo mercado imobiliário da época. Inicia-se, com isso, uma onda de migração maciça de negros vinda dos estados do Sul e das ilhas do Caribe e uma fuga paulatina dos antigos moradores brancos, responsáveis pela primeira grande ocupação desse espaço nas três últimas décadas do século XIX, quando aí foram construídos belíssimos conjuntos de apartamentos e, talvez, as mais bonitas e originais *townhouses* e *brownstones*, com suas maciças escadarias (*stoops*) até as calçadas. Mais de cem mil negros ocupam o bairro entre 1904 e 1919. Em 1920 o Harlem Central já era totalmente negro. Em 1930 toda a parte sul também. Entre essas duas datas, cerca de 120 mil brancos deixam o bairro, enquanto noventa mil negros aí vão morar. A expansão econômica faz da década de 1920 o período áureo do Harlem negro, com o florescimento de uma cultura que marcou as criações artísticas e literárias americanas, fomentadas por mais de uma centena de lugares de produção e entretenimento. Cotton Club, Apollo, Savoy, Duke Ellington, Billie Holiday, Zora Neale Hurston, Langston Hughes são expressões desse tempo.

A Grande Depressão desmonta esse castelo de cartas. A crise leva ao desemprego e ao empobrecimento, muito mais agudos entre os negros. Os aluguéis tornam-se relativamente altos. A densidade de ocupação aumenta. Os imóveis se deterioram. A renda dos moradores não suporta o peso dos impostos, multas e necessidades de reformas. Grande número dos imóveis torna-se abrigo coletivo, cortiços, e boa parte do bairro se vê convertida em verdadeiros *slums* (cortiços). O poder público municipal, por confisco, torna-se proprietário de 60% de suas edificações. Após a Segunda Guerra Mundial, a classe média negra deixa o bairro, buscando áreas menos degradadas do Queens, Brooklyn e subúrbios. O Harlem deixa de ser a cara da maioria negra, tornando-se um gueto, marginal e perigoso.

Na década de 1960, a região assiste ao renascimento de um ativismo político centrado na luta pelos direitos civis, promotora de diversos motins, como os de 1964 e 1968. Renasce o papel das igrejas como defensora da igualdade de oportunidades entre brancos e negros. Martin Luther King Jr. é uma voz respeitada, um ícone reverenciado. Malcolm X, um líder, um mártir! A década de 1980 anuncia uma nova fase de florescimento. Manhattan precisa crescer para dentro e o Harlem se apresenta como espaço de eleição, pela sua centralidade e oferta de espaços mais baratos, para sustentar uma compatível redefinição funcional e uma expansão dos negócios. A pressão de novos interesses econômicos leva à transformação do bairro em território de grandes investimentos imobiliários, com a construção de novos prédios e reforma de outros, como a recuperação de muitos *brownstones*, convertidos agora em condomínios ou cooperativas (*co-ops*). Os preços para uma ocupação residencial, comercial ou de escritórios são bem mais baratos que no sul da cidade, e as vantagens comparativas garantem uma valorização diferenciada. A criação do centro comercial moderno da rua 125, a difusão de grifes de bens de consumo como Starbucks e Disney, a abertura de sedes de empresas e escritórios ocupados por nomes de reputação nacional, como o do ex-presidente Bill Clinton, são como que estandartes de um renascimento cuja expectativa é o chamado enobrecimento do Harlem.

Neste trecho da corrida são muitos os sinais que nos fazem lembrar da forma como se organiza internamente a sociedade americana, com riqueza e pobreza se materializando em espaços tão próximos quanto distantes estão as classes a que pertencem seus habitantes. Tomo a 5ª Avenida repleta de gente. Minhas passadas respondem rápido ao entusiasmo que costuma tomar conta dos que chegam até aqui. Esta avenida é uma espécie de corredor triunfal para os corredores. Aqui as bandas de música ganham uma composição e um repertório especiais. São as bandas negras com seus metais, banjos e clarinetes a nos brindar com os estilos mais variados do jazz, desde os tradicionais blues, souls, bip-bops, até os clássicos das famosas *big bands*. Há ainda muitos corais gospel. Logo à direita, na 135, os fundos do Centro Hospitalar do Harlem, que fica na avenida Lenox (ou Boulevard Malcolm X), me chamam a atenção por sua construção maciça. Uma das unidades de saúde da extensa rede da HHC Hospitais, esta contando com mais de quatrocentos leitos, é associada à Universidade de Columbia para a formação de médicos, cirurgiões e enfermeiros. Nesse hospital, em 1958, dez anos antes de sua morte, o Dr. Martin Luther King foi submetido a uma toracotomia que salvou sua vida, quando foi extraído de seu peito o abridor de cartas usado no atentado da sessão de autógrafos em uma livraria do Harlen.

Ainda na altura da 135, no Boulevard Malcolm X (Lenox), o Schomburg Center, uma extensão da Biblioteca Pública de Nova York, com sua rica iconografia e oitenta mil livros, é um importante centro de pesquisa inteiramente dedicado ao estudo da cultura afro-americana. Na 131 está a escola elementar pública Fred R. Moore, que apresenta baixo desempenho, talvez associado, de um lado, à pobreza e marginalização da população negra (44% dos alunos) e, de outro, à grande frequência de hispânicos pobres (45% dos alunos) não bem integrados culturalmente à sociedade que os abriga.

Na rua 130, entre a 5ª Avenida e a Lenox, está plantada uma raridade arquitetônica da cidade, o Astor Row Guesthouse, magnífico conjunto de 28 casas, unidas ou não, com seus alpendres de madeira, construído entre 1880 e 1883, à semelhança daqueles encontrados em Savannah, na Geórgia. Não posso passar pela 129 sem me referir ao Museu Nacional do Jazz, com seu acervo sobre a vida e obra de gigantes do gênero, como Ellington, Carter, Monk, Basie, Coltraine, Holiday e sua quase centena de shows gratuitos por ano. Entre a 126 e 128 são inúmeros os magníficos *brownstones* extremamente bem conservados. Logo em seguida, o National Black Theatre, verdadeira incubadora cultural centrada na produção de experimentos que solidifiquem a identidade afro-americana.

Olho fixo à frente e vejo que o horizonte se pinta de um mesclado de cores; um fundo verde original é tomado por largas manchas pinceladas de amarelo, laranja e um ferruginoso avermelhado. É o outono do parque que explode, com suas pródigas folhagens, em meio à massa das paredes das ruas. Muitos se decepcionam quando percebem que aquilo ainda não é o Central Park, e sim o Marcus Garvey Memorial Park, um belíssimo quadrilátero ajardinado, de quase 300 metros de lado, que interrompe frontalmente a passagem e exige um contorno pela 124, pela Mount Morris Park West e pela 120 para retomar, à direita, na sua metade sul, a 5ª Avenida. O Central Park ainda está longe, quase 1,5 quilômetro à frente. Duas quadras antes de atingir esse belo jardim do Harlem, meu pensamento vai até o Sylvia's Restaurant, da família Woods, na avenida Lenox, a um quarteirão dali, onde, aos domingos, há o "histórico" *gospel brunch*. Fico com água na boca quando idealizo aquele churrasco de costela! Com essa delícia na cabeça, quase passa despercebida a travessia do Boulevard Martin Luther King Jr., que é o novo nome da rua 125, a um quarteirão do parque. Esse *boulevard* é o coração do Harlem. Importante via de circulação, faz parte dos planos de revitalização do bairro, com sua transformação em um novo centro comercial. É a rua do legendário Teatro Apollo, que, após anos servindo exclusivamente a uma plateia branca, se transformou, a partir de 1934, na casa que testemunhou o aparecimento de grandes e imorredouros nomes do jazz. Foi pioneiro no incentivo aos novos talentos, com suas famosas "noites dos amadores", uma espécie das *jam sessions* (ou *jazz after midnight*) dos dias de hoje. Renovado, foi reaberto em 1980 como estúdio de televisão, mas continua sendo a casa de Billie, Duke, Ella, Cab, Count...

Finalmente estou no parque que traz o nome de um ativista jamaicano, idealista do movimento de libertação dos negros. Digo finalmente porque reputo esta "praça" como uma das joias da cidade pelo que ela contém tanto em seu interior quanto em suas margens. Desconhecido por grande parte da população de Manhattan, o Marcus Garvey Park, ou o Mount Morris Park, é um quadrilátero de cerca de 80 mil metros quadrados, com belos exemplares de olmos, bétulas, bordos, tílias, espinheiros, que rompe a monotonia ortogonal da ruas do Harlem Central, justamente onde aflora a imponente lente de xistos do embasamento rochoso da ilha. Sobre ela está a chamada Acrópolis, com suas escadarias e rampas, cerca de 30 metros acima do nível das ruas vizinhas, de onde se pode ver, em dias claros, o Yankee Stadium, a ponte George Washington, o Empire State, a catedral de St. John the Divine. Em destaque, em meio aos equipamentos de seu centro de recreação, com anfiteatro e piscina para a comunidade próxima, está a torre de vigia para incêndios, construída em 1857 e a única estrutura em ferro fundido remanescente entre as onze que a cidade teve. Seu entorno é um distrito histórico, tal é a riqueza de sua arquitetura. Defronte ao parque, na 124, está a filial da Biblioteca Pública da cidade, que tem, ao lado, a entrada de um dos únicos conventos de negros dos Estados Unidos, o Mary Convent. Na rua Mont Morris Park, esquina com a 123, o belo prédio neorrenascentista de 1890 da Keepers Ethiopian Church, que considera os afrodescendentes como uma das tribos de Israel. Na esquina da 122, o Doctor's Row, conjunto de edifícios renascentistas de 1888-1889. Na outra esquina, a Mont Morris Ascension Presbyterian Church, de 1905-1906. Igreja é o que não falta por aqui. São mais de seiscentas no Harlem! Ainda no parque, na esquina da 121, as maravilhosas cinco casas de tijolos vermelhos, de estilo francês, construídas em 1889 pela classe média branca, ocupadas depois de 1930 por negros que não conseguiram conservá-las, transformando-as em cortiços. Pouco mais adiante, ainda na 121, o imponente conjunto de *brownstones* de 1887-1890, cujo requinte nos detalhes é apenas uma amostra do que fora a classe média original do bairro. Realmente, o Harlem é um repositório de marcas de uma originalidade social e econômica que bem dão conta de uma boa parcela da história moderna e contemporânea da cidade... e do país!

Volto à 5ª Avenida pela 120, depois de contornar metade do Marcus Garvey e de ter passado pela última zona de aplauso, aliás maravilhosamente ruidosa! Na esquina salta aos olhos o condomínio de luxo de 28 andares entregue em 2008, digno representante da renovação urbanística e social que invade o Harlem pelo sul. Aqui os terrenos são bem mais baratos que no entorno do Central Park, cuja proximidade aponta um *boom* imobiliário em processo. A escultura em bronze do nigeriano Nnamdi Okonkwo, com três mulheres negras denotando humildade e tristeza, denominada *Friends*, que, na calçada, decora sua entrada, vem provocando uma reprovação da comunidade local por conta de uma leitura que como uma ofensa faz lembrar a discrepância entre o luxo branco e a pobreza negra. Sem dúvida, um bom termômetro da natureza da questão racial que permeia as relações entre os cidadãos desta cidade etnicamente tão diversificada, em que estamentos impermeáveis impõem sólidos impedimentos à miscigenação.

Na altura da 117, passo pela quarta e penúltima esteira eletrônica de marcação de tempo. É a marca de 35 quilômetros. Está chegando a hora da verdade! Depois dessa leve descida de meia milha até a rua 110, lá vem o "subidão" do começo do Central Park. Esse ponto corresponde à encosta de uma bacia de múltiplos vales de antigos pequenos afluentes que descem do centro da ilha, da altura da 135 à 120, e desembocavam no East River na altura da Randall's Island, hoje todos canalizados subterraneamente, articulando o baixio de uma rasa bacia chamado de Manhattan Valley. É um trecho onde muitos optam por caminhar. É difícil, mas recompensador chegar até aqui, onde o sombreado das árvores, mesmo a essa hora, já se derrama pelo piso da avenida. Na esquina nordeste do parque – 5ª com a 110 – vê-se o primeiro monumento erguido na cidade em homenagem a um negro americano. É o Memorial para Edward Kennedy Ellington, o Duke, inaugurado em 1997. Lá está ele, no alto, com seu piano, a nos lembrar "Caravan" ou "Solitude"! Vou ter à minha direita, por uma distância de treze quarteirões, a parte do Central Park chamada de North End. Junto à avenida, alguns playgrounds e o belo conjunto do Conservatory Garden, com seus três jardins em estilo italiano, francês e inglês, repletos de fontes e estátuas, como a das *Três Meninas Dançantes*. Na primavera, testemunha-se a explosão de mais de vinte mil tulipas multicoloridas e de outros tantos crisântemos coreanos. Nesse trecho muitas folhas amarelecidas pelo outono já se precipitam e se misturam, nos postos de distribuição de água, com os copos plásticos atirados ao chão pelos atletas.

Até a rua 96 ainda corro pelo Harlem, só que agora ele volta a ser eminentemente hispânico, perdendo aquela atmosfera especial que as calçadas tomadas pela maioria de afrodescendentes davam à corrida no espaço anterior. Estou de novo no El Barrio. Voltam a drapejar as bandeiras não americanas. A música dos conjuntos já não é mais afiliada ao jazz. O *go, go, go* se mistura de novo ao *arriba*, ao viva! Na 104 passo diante do centro cultural da grande comunidade latino-americana, onde acontecem conferências, concertos, exposições, projeções de filmes centrados na cultura e em artistas dessa sofredora e rica América das Antilhas e a do sul do rio Bravo: o Museo del Barrio. Logo em seguida, na 103, o imperdível Museu da Cidade de Nova York convida os passantes para uma visita demorada para reviver a cidade no correr de toda sua história, através dos elementos mais significativos de seu processo de urbanização, sua arquitetura, seu cotidiano, suas letras e artes, seus espetáculos, nos diferentes períodos de sua vida. Na outra esquina, a Academia de Medicina antecipa o grande hospital que vem logo em seguida, duas ruas adiante. Ele toma a extensão de três blocos inteiros, indo da 5ª Avenida à avenida Madison, com extensões por mais três quarteirões. É o Hospital Mont Sinai, fundado em 1852. Transformou-se, na década de 1960, em um complexo universitário com a fundação de sua Escola de Medicina, voltada para uma formação médica integrada e com inovações curriculares nas áreas da medicina geriátrica, ambiental e ocupacional. Hoje é parceiro da Universidade de Nova York, sendo o único hospital do mundo a diagnosticar e cuidar de doenças geneticamente ligadas aos judeus. Atende a cerca de cinquenta mil internados e a mais de quatrocentos mil pacientes ambulatoriais por ano. Tudo isso ajuda a esquecer que ainda faltam 5 quilômetros para o final e mais treze ruas para terminar a subida. Ufa!

Estou atravessando aquela parte da avenida identificada como a "milha dos museus", na verdade mais extensa do que isso se contarmos que do Museo del Barrio, na 105, até a Frick Collection, na 70/71, temos certamente quase 2 milhas. Nesse trecho, uma dezena de estabelecimentos forma uma das maiores concentrações territoriais de casas de arte em todo o mundo. Sem dúvida, são necessários vários dias para dar conta de seus conteúdos. Na esquina da 94, instalado em um bonito imóvel de estilo federal, datado de 1914, o Centro Internacional de Fotografia, além de inúmeras exposições temporárias, é o guardião da obra de grandes fotógrafos, como Robert Capa, Werner Bischof e David Seymour. Em 1989 foi aberto um anexo seu na Midtown, na avenida das Américas. Duas esquinas à frente, na 92, reaberto em 1993 após trabalhos de restauração e ampliação em sua sede neogótica, o Museu Judaico (Jewish Museum) é depositário de coleções dedicadas às múltiplas facetas da identidade do povo judeu através de mais de quatro mil anos de história. Na 91, hoje filiado à Smithsonian Institution, o Museu Cooper Hewitt, criado em 1897 para guardar a coleção de desenhos dessa renomada família de magnatas e políticos, tornou-se a grande morada das mais diferentes artes decorativas, instalado desde 1976 na antiga mansão do Rei do Aço, Andrew Carnegie, construída em 1901, que, por si só, é uma relíquia arquitetônica que bem demonstra a extravagância das construções multimilionárias da *belle époque* americana. Na 90, finalmente, entro no parque, dobrando à direita no Engineer's Gate, nome que homenageia os projetistas que lhe deram forma na década de 1850, Frederick Law Olmsted e Calvert Vaux. Esta entrada também é conhecida como a Passagem dos Corredores (Runner's Gate), já que desde 2002 a maratona deixou de entrar no parque pela 112 e passou a entrar pela 90.

O plano de 1811, que dividiu o espaço da ilha de Manhattan ainda não ocupado pela cidade em 2.028 quarteirões *standard* de 270 por 80 metros — 900 por 264 pés — e deu à maior parte de Nova York sua tradicional estrutura quadriculada, não reservou espaço para a implantação de nenhuma grande área verde. Foi preciso esperar a desenfreada onda de crescimento que se abateu sobre a cidade, na primeira metade do século XIX, para que, unanimemente, políticos e administradores pensassem na destinação de um território interno ao arruamento para tal fim. Isso, entretanto, não aconteceu sem que se assistisse a um duro enfrentamento proporcionado pelos interesses públicos e privados. A ocupação urbana em Manhattan em 1840 atingia a rua 20 e abrigava uma população de trezentos mil habitantes. Em 1850 já seriam quinhentos mil a levar o casario para perto da rua 40. Em 1860 a cidade atinge a rua 50.

O crescimento seria ainda mais vertiginoso após o término da Guerra de Secessão. O país solidificaria a partir daí estruturas fundadas em novas condicionantes socioeconômicas que, por sua vez, produziriam novos arranjos correspondentes em suas espacializações. Uma nova história punha em movimento a reconstrução formal de uma nova geografia. Em tempo, a municipalidade adquiriu por cinco milhões de dólares o terreno que ia da rua 59 à 106, entre a 5ª e a 8ª Avenida, mais tarde estendida até a 110, perfazendo 6% da superfície da ilha. Abre-se em 1857 uma competição pública para projetar o Central Park. Dos 33 projetos "anônimos", é escolhida a "planta de Greenward", de inspiração britânica. Vinte anos de frenéticos trabalhos transformam uma área de quase 3,5 quilômetros quadrados, ainda tomada por terrenos abandonados e por amplos espaços rochosos ao norte e alagadiços ao sul, em um dos mais belos e charmosos pulmões urbanos do mundo. Com uma história marcada por fases de extremo cuidado e conservação e outras de certo abandono e declínio, após 1980, com a criação do Conservancy of Central Park, entidade privada sem fins lucrativos, credenciada pela municipalidade para administrá-lo, assistiu-se a um esforço de recuperação de sua herança paisagística, com programas de conservação de seus espaços abertos, seus lagos, seus jardins, suas mais de 26 mil árvores, seus 21 playgrounds, seus nove mil bancos, suas sete fontes. Ao mesmo tempo foram ampliadas as ações visando proporcionar maior segurança para seus mais de 35 milhões de visitantes anuais. Quem não assistiu a um filme rodado em Nova York que apresente ao menos uma cena rodada nesse parque? De 1908 até hoje eles ultrapassam a casa dos duzentos!

Entro nesse paraíso verde, onde vivem mais de 270 espécies de pássaros, através da East Drive, em meio à seção do grande jardim chamada de "The Reservoir", que vai da 97 à 85, quase toda ela tomada pelo grande lago reservatório de mais de 400 mil metros quadrados e mais de 10 metros de profundidade, todo ele circundado por um recente passeio, ladeado às vezes por aleias de cerejeiras, de onde se descortinam belas visões dos arranha-céus das vizinhanças. Essa rua interna ao parque, que corre paralela à 5ª Avenida até seu limite sul, onde está na 60/59 a Grand Army Plaza, é o trecho mais aprazível do percurso, quando os maratonistas deixam as ruas da cidade para desfrutar desse longo corredor de belos arvoredos e impecáveis jardins gramados repletos de lagos, monumentos, esculturas, restaurantes, playgrounds. Ora aberta, ora em forma de verdadeiros túneis arborizados, nessa época do ano, essa "rua", como todo o parque, assiste ao espetáculo da transformação do verde de suas folhas em uma gama de multivariados tons de amarelo e vermelho que precede a queda generalizada que virá logo em seguida, no inverno.

Na altura da esquina da 89, na 5ª Avenida, olho à esquerda. Lá está bem visível, em seu vermelho carmim, a bandeira da NYRR, hasteada sobre o balcão que emoldura a porta principal da bela *townhouse* que lhe serve de sede, ponto de encontro permanente de corredores e andarilhos. A entidade passa o ano todo organizando a mais famosa maratona do mundo, o carro-chefe entre mais de uma centena de provas e caminhadas por ela patrocinadas anualmente. Com mais de sessenta anos de história, 35 mil associados e uma equipe de profissionais competentes e apaixonados, a NYRR é, também por essa razão, uma entidade modelo dedicada ao esporte que faz da marcha e da corrida um forma de recreação, promoção da saúde e competição para qualquer tipo de participante. Somos nós corredores, portanto, um pedaço dessa sua alma que, orgulhosos, lhe entregamos hoje com o esforço de nossos corpos. Em uma outra das poucas *townhouses* da 5ª Avenida abertas ao público, ainda na 89, o Museu Nacional de Belas Artes (National Academy Museum and School of Fine Arts), em seus seis pavimentos, expõe trabalhos de pintores, desenhistas e escultores americanos dos séculos XIX e XX de um acervo de mais de oito mil peças.

Na 88, não há quem não olhe, mesmo de dentro do parque, para o Museu Guggenheim, um edifício cultuado pela sua forma e pelo acervo que encerra. Com sua estrutura externa e interna em espiral, o arrojado projeto elaborado por Frank Lloyd Wright, em 1943, depois de anos de redefinição em seu desenho e de despertar sentimentos de amor e ódio, críticas e aplausos, ganhou corpo e foi inaugurado em 1959, seis meses depois da morte de seu autor. Considerado hoje uma das obras-primas da arquitetura americana, ganhou, em 1992, um anexo de dez andares que contém uma das mais importantes coleções de pinturas do que é moderno e contemporâneo na arte ocidental. Ousado em suas exposições temporais ou temáticas, é pródigo no acervo de impressionistas oriundos da coleção Thannhauser, de telas da coleção Kandinsky, de cubistas e expressionistas de procedências variadas. Ao passar diante de seu caracol branco, ganho forças com os estimulantes e fantasiosos "*Go, go, go*" ditos por Van Gogh, Cézanne, Lautrec, Gauguin, Picasso, Mondrian, Malevich, Klimt, Munch, Braque, Klee, Chagall...

Da 85 à 72 o parque ganha o nome de Great Lawn. De início, faço uma grande curva à direita pelo Ancient Playground, grande área para piqueniques com mesas de dama e xadrez, para passar por detrás do grande edifício do Metropolitan Museum of Art (MET), local de uma grande algazarra capitaneada pela concentração de assistentes que lotam o seu entorno. Diferentemente de outros locais, esta espontânea zona de aplauso é formada eminentemente por jovens brancos de classe média e alta. Afinal, estamos acompanhando, em paralelo, o limite sul da parte mais rica da cidade, exatamente aquela de maior contraste com o que até há pouco vimos no Harlem negro. Desde o começo do século XX esse trecho da cidade é a "milha dos milionários". Ou, então, Carnegie Hill, pela presença marcante que sempre teve aí a mansão eclética desse milionário, construída em 1902 na esquina da 91. Esse trecho do Upper East Side, de mais de trinta quarteirões, que vai da rua 59 à 98 e da 5ª à 3ª Avenida, é a área onde se concentram desmesuradas fortunas e se encontram as mais fascinantes e ricas residências da cidade — grande parte das mais exuberantes *townhouses* construídas no começo do século XX. Muitas ainda são unifamiliares, outras já se converteram em apartamentos. O prédio renascentista neoitaliano da esquina da 83 é um bom exemplo do luxo dos edifícios classificados como A-plus, de custo e preços astronômicos, que acompanha tantos outros, em boa parte no mesmo estilo. Ele tem doze andares e apenas dez apartamentos, de 700 a 1.100 metros quadrados. Milhardários ligados aos negócios de petróleo, aço, informática, bancos, automóveis, mineração, mídias, estaleiros, bebidas, aviões, tabaco, diversões, produtos químicos, artes, energia sustentam nomes como Astor, Morgan, Vanderbilt, Rockefeller, Murdock, Patiño, Root, Steinbruch, Safra e apontam um leque de marcas icônicas como Standard Oil, Chase, Johnson & Johnson, CBS, Elizabeth Arden, Ford, GM, Pepsi etc. Mesmo encontrando certa resistência de seus habitantes, muitos empreendimentos imobiliários aí edificaram condomínios de luxuosos apartamentos de preços siderais. Wood Allen, em 2004, vendeu sua casa, por exemplo, por nada menos que vinte milhões de dólares. É o espaço de moradia de gente famosa, como muitos artistas do cinema e da televisão. Finos restaurantes, luxuosas e caríssimas butiques para adultos e crianças, centros de compra de alimentos os mais sofisticados, escolas de alto padrão dão o toque em seu comércio e serviços. A avenida Madison é seu referencial mais significativo. Talvez seja mesmo a maior distância socioeconômica existente no país — aquela que fica entre os vizinhos Carnegie Hill e o Harlem negro.

O Metropolitan, ao contrário dos demais museus da avenida, está encravado nos jardins do Central Park. É o maior museu de Nova York e um dos mais importantes dos Estados Unidos. Muito embora seus edifícios sejam propriedade municipal, o museu é uma instituição independente e privada, dirigida por um conselho autônomo desde sua fundação e instalação, em 1880. Com uma coleção de alguns milhões de peças que abrangem todas as artes, as mais diferentes culturas e povos e atravessa uma longa trajetória da história, os quase 500 mil metros quadrados de seu imponente edifício, de fachada neoclássica, exigem visitas, no plural, dada a grandiosidade do acervo oferecido a quem o procura. Não se pode esquecer que boa parte das melhores peças de seu departamento de arte medieval estão no Cloisters, o museu que reproduz um monastério romano, edificado com parcelas originais de edifícios medievais no pontão norte da ilha de Manhattan, nas colinas do Fort Tryon Park. Em contraste com a majestade do MET, à sua frente, na 82, está a acanhada, porém em uma bela e antiga *townhouse*, Casa de Goethe, um dos menores museus da cidade, com sua galeria, sua biblioteca e sua escola. Na 75, mas na avenida Madison, a um quarteirão da 5ª, ficava o Museu Whitney. Fundado em 1930 por Gertrude Vanderbilt Whitney, o pesado edifício de três andares em granito claro "marezzato" é, hoje, uma extensão do Metropolitan, o Met Breuer. Mudou-se, em 2015, para sua nova e definitiva morada, um edifício de Renzo Piano, lá no final da High Line, no distrito dos antigos entrepostos de carne verde, no Chelsea, logo no começo da avenida 10, defronte ao Hudson. De visita obrigatória, ele é dedicado exclusivamente à arte americana moderna. É a casa de Warhol, O'Keeffe, Polock e, especialmente, Edward Hopper, de quem o museu tem mais de dois mil trabalhos.

Já passei a marca da milha 24. Quase 40 quilômetros percorridos! A superfície plana do topo da colina é uma benesse para minhas pernas. As menores diferenças de inclinação são imediatamente sentidas pelo estado de sensibilidade em que o corpo se encontra. Agora é levantar a cabeça e começar a desfrutar do orgulho de ter chegado até aqui. O que durante muito tempo foi apenas um longínquo projeto a ser alcançado está agora prestes a suplantar o desafio que me servia de permanente emulação. Olho para ambos os lados e vejo os jardins do parque repletos de espectadores. A quantidade de guardas fardados parece crescer à medida que avançamos. O entusiasmo da plateia é contagiante e confortador. Na altura do final do prédio do Metropolitan, à direita, passo diante do Obelisco, conhecido como a Agulha de Cleópatra (Cleopatra Needle), monólito em granito rosa erguido por Tutmés III em Heliópolis, 1500 anos a.C., trazido a Alexandria pelos romanos no ano 12 a.C. Faz par com outro que está em Londres e é duzentos anos mais velho do que aquele que está na praça da Concórdia, em Paris. A Europa está cheia de tantos outros. Presente do governo egípcio, está no Central Park desde 1880. Seus hieróglifos estão bastante danificados pelo tempo e só puderam ser parcialmente traduzidos.

O parque está repleto de outras atrações. A escultura em bronze do rei Jagiello, grã-duque da Lituânia e Polônia, de Stanislau K. Ostrowsky, em imponente pose de batalha, pode ser vista, por exemplo, pouco antes da passagem da rua 79 que corta o parque de um lado ao outro, defronte ao Turtle Pond, um dos muitos espelhos d'água do local. Em seguida entro no grande gramado do Cedar Hill, espaço aberto que convida ao descanso e à contemplação. Hoje, a pequena colina faz as vezes de uma grande arquibancada. Na altura da 74, mais duas esculturas chamam a atenção: a de Alice no País das Maravilhas (Alice in Wonderland), em bronze, de José de Creeft, que o filantropo George Delacorte encomendou para homenagear sua esposa Margaritta, e a de Hans Christian Andersen, também em bronze, comemorativa aos 150 anos do nascimento do escritor. Pouco antes da 72, mais dois reservatórios. À minha esquerda, o Conservatory Water e, à direita, o grande The Lake, que tem em um de seus dentes o frequentadíssimo Loeb Boathouse, bonito restaurante com gôndolas de aluguel para bucólicos passeios pelos "meandros" do lago.

Ao cruzar a 72 estou entrando na parte sul do parque, a chamada South End, onde, daqui a pouco, do outro lado, lá na altura da 67, espero ultrapassar a linha de chegada junto à Tavern on the Green. Este trecho do grande jardim, próximo da área da cidade que mais atrai os turistas, está sempre cheio de gente à procura de entretenimento ou simplesmente buscando um primeiro contato de apresentação. Topograficamente é um trecho favorável. A multidão, que parece crescer a cada passo, lança no ar um permanente clima de entusiasmo, ao mesmo tempo que rouba um pouco da concentração necessária. Lá fora, na 5ª Avenida, entre a 70 e a 71, está o limite sul da milha dos museus: a Frick Collection. A coleção particular desse industrial do carvão e do aço que fez fortuna em Pittsburgh está exposta no andar térreo da mansão da família, um neoclássico francês construído em 1913, que muitos acham ser o imóvel mais belo e luxuoso da avenida. Reproduz internamente, com estilo, ambientes requintados europeus do século XVIII, repletos de mobílias francesas e obras de arte variadas. Aqui dentro do parque, em meio ao emaranhado de árvores que montam bosques de múltiplas espécies, destacam-se, no percurso que faço até a altura da rua 65, em áreas de gramados abertos, algumas esculturas como a *The Falconer*, a do cachorro herói Balto, a réplica da estátua do novelista Sir Walter Scott (cujo original está em Edimburgo), a do poeta também escocês Robert Burns, a de William Shakespeare. Exceto as esculturas femininas da ficção literária, como a Mamãe Ganso, Alice e Julieta, nenhuma outra se referia a mulheres. Há um brutal desprezo pelo reconhecimento da importância da figura feminina no correr da história americana ou universal. Só agora, decorridas duas décadas do século XXI, é que o parque ganha um mármore composto por três mulheres ativistas políticas, que lutaram pela igualdade de direitos e pelo acesso ao voto: Susan B. Anthony, Elizabeth Cady

Stanton, mulheres brancas, e pela escrava alforriada Sojourner Truth, acrescentada na última hora ao projeto.

Chegar ou não chegar. Parece não ser mais a questão. A marca da 25ª milha, na altura da 66, aponta-me que só faltam 2 quilômetros. Agora tenho apenas que superar a ansiedade que se materializa em uma espécie de descontrole sensorial, em que anestesia e certa leveza parecem me fazer escapar os pés do chão. A vontade é dar um *sprint* para antecipar logo a linha de chegada e dar termo a esse turbilhão de emoções que mistura o real com a fantasia, o sincronismo das passadas, há muito sincopadas pelo cansaço, com a cinemática dos quadros que reproduzem um enredo intrincado de lembranças que varrem um tempo que não sabe bem o seu lugar. Procuro não me deixar aprisionado pela excitação. Volto a fugir para a observação da paisagem. Estou ao lado do Zoo, onde, em certos verões já longínquos, vim passear com minhas irmãs. Do outro lado da pista, a cortina humana apenas deixa entrever parte do Wollman Rink, cuja imagem invernal corre o mundo todo ano ao mostrar a ampla superfície de gelo, aberta desde 1950, de novembro a março, tomada por patinadores que podem chegar a quatro mil diariamente. À frente, as águas do The Pond apontam para a saída do Central Park pela bonita Grand Army Plaza, no canto sudeste desse que é um dos maiores pulmões verdes urbanos do mundo. Ao sair dela voltarei a correr por uma das ruas da cidade, a 59, ou Central Park South, até o seu outro extremo no Columbus Circle, onde, em seu centro, a estátua de Cristóvão Colombo articula o concorrido cruzamento da 8ª Avenida com a Broadway.

A Grand Army Plaza, que evoca o papel militar da União na Guerra Civil americana, normalmente tomada por uma grande quantidade de turistas, está hoje repleta de uma massa humana que não deixa ver sua formal beleza, com os calçadões, os canteiros e a estátua equestre do General Tecumseh Shermam, no seu reluzente bronze dourado, que dão ao local um arranjo estético sempre captado por infinidades de cliques fotográficos. A praça continua do outro lado da 59. Um jardim de canteiros floridos e muitos bancos para um bom descanso ou para se admirar o movimento dessa esquina extremamente charmosa da cidade convidam os passantes para uma pausa. Em seu centro ergue-se a Pulitzer Fontain, de inspiração renascentista italiana, com seis bacias de granito e a figura altiva de Ponoma, a deusa romana da abundância. À frente, o belo edifício do Plaza Hotel, lugar luxuoso para hóspedes famosos e para comitivas presidenciais estrangeiras. Projetado por Henry Janeway, que também concebeu o Dakota, e inaugurado em 1907, talvez tenha nas palavras de Donald Trump, quando o comprou em 1988 por 407 milhões de dólares, a melhor expressão de seu valor arquitetônico: "Eu não comprei um edifício. Eu comprei uma obra-prima". Em frente ao hotel, do outro lado da 5ª Avenida, o cubo de vidro da maior loja da Apple dá o tom modernista que se esparrama avenida abaixo a um comércio que enche os olhos dos consumistas. Toda essa fama e essa grandiosidade fazem par com o permanente, penetrante, ácido e nauseante cheiro da urina e excrementos das muitas parelhas de belos cavalos das carruagens que aí fazem ponto, usadas para bucólicos e românticos passeios pelas imediações. Se lá atrás, na ponte Pulaski, nossos narizes acusavam a agressão feita ao ambiente pelos efluentes bioquímicos, aqui os maratonistas seguram a respiração para evitar sensibilizar seus estômagos com estimulantes menos nobres.

Ganho de novo o asfalto da rua. Aqui a atmosfera é de festa. A recepção pelo público faz esquecer o cansaço. Os gritos de "*go, go, go*" entram agora pelos ouvidos com a força dos propulsores e repercutem, *incontinenti*, nos sorrisos dos que passam. Muitos já levantam os braços em sinal de vitória. Prefiro me manter controlado e atento para não ser traído por nenhum contratempo, fruto de um entusiasmo fora de hora. O corredor humano, balizado pelos gradis de metal que tomam conta dos três longos quarteirões até o Columbus Circle, no outro extremo do Jardim, não deixa ver as entradas da avenida das Américas e da 7ª. Seus altos edifícios, à esquerda, formam o paredão norte da grande concentração de arranha-céus da fervilhante Midtown, pano de fundo de inumeráveis fotografias que exploram o contraste entre o bucolismo sugerido pelas cores da natureza do Central Park e o perfil do maciço bloco de aço, concreto e vidro de seu horizonte agora redesenhado pelos edifícios estreitos que, como palitos, alcançam alturas produzidas pelas quase centenas de andares. O Central Park Tower, com seus 99 andares, supera o One Trade Center em 21 metros, não contando sua torre de 108 metros. A dificuldade de encontrar áreas disponíveis de grande tamanho em meio à massa compacta de edifícios já cristalizados tem levado a tecnologia de construção a compensar a exiguidade da base pela multiplicação uniforme de sua ortogonalidade por alturas desmedidas, feito peças de lego. À direita, dentro do parque, as estátuas de Simon Bolívar, San Martín e José Martí nos remetem, em um relance, a uma reflexão sobre o real sentido dos movimentos de independência vividos por uma América que, ainda hoje, "se envergonha" de ter que expulsar seus filhos para lugares onde possam sobreviver de seu trabalho. Quantos deles não estão agora nos aplaudindo aqui?! Fruto de algumas gerações de desarraigados, eu os entendo melhor que muitos de meus conterrâneos que os discriminam e, muitas vezes, os veem abjetos! Pobre mundo rico!

Vencida a pequena rampa da Central Park South, a 59, chego, finalmente, à praça rotatória onde está a coluna de Colombo, permanentemente sombreada pelos modernos prédios do Trump Internacional Hotel e do conjunto do Time Warner, onde, em seu subsolo, fica um dos mais completos supermercados de produtos naturais e orgânicos da cidade, o Whole Foods Market, cadeia varejista hoje pertencente à Amazon. No dia de hoje essa rotatória substitui o vaivém de seu movimentado trânsito de automóveis por uma assistência maciça de pedestres. O número de fotógrafos chama a atenção. Vou tangenciar a calçada da direita junto ao monumental portão sul do parque, o Merchants Gate, para, em ângulo agudo, retornar ao Central

Park e tomar a West Drive, que, ainda em pequena subida, me levará até a linha de chegada. Esse portão sul é a mais movimentada de suas entradas. Abriga desde 1913 o Maine Monument, bloco de mármore de mais de 10 metros de altura, cheio de alegóricas e simbólicas esculturas. Resume o domínio americano sobre os territórios estrangeiros, nascido na vitória da guerra hispano-americana dos finais do século XIX. Hoje, talvez, essa entrada seja mais lembrada pelos dois quiosques vitorianos em ferro verde batido, que, desde 1998, abrigam o Ferrara Italian Coffee, onde se pode sorver um belíssimo *cappuccino* com seu tradicional sanduíche de *focaccia*. Em meu cotidiano, muitas vezes, "desço" a Broadway e venho aqui sorver um café com colegas de trabalho na hora do almoço, já que o Lincoln Center fica a apenas alguns quarteirões do Columbus Circle.

A rua se afunila com as aproximações laterais dos gradis de ferro. A parede dos guardas de uniforme azul torna-se mais contínua. Ufa! Enfim, a marca da 26ª milha, em frente à rua 62. Faltam agora apenas 395 metros! Essa distância, equivalente a cinco lados menores dos quarteirões até a altura da rua 67, não parece mais fazer parte do meu rubicão. Atravesso-o agora certo da vitória. O meu "*alea jacta est*" está, agora, 42 quilômetros atrás. Uma sensação estranha parece subir pelas minhas pernas. Um misto de formigamentos e arrepios. Minha boca seca e minha camiseta encharcada sentem, cada uma à sua maneira, as ondas de calor que chegam ao topo de minha cabeça. Ao mesmo tempo meu abdômen é uma ilha glacial. Não consigo definir a visão que tenho de meu entorno. Tudo parece desfocado. Tenho que franzir o cenho para que o mundo adquira a nitidez necessária, aquela que talvez tenha faltado a German Silva, o corredor mexicano que liderava a corrida e errou o percurso dentro do parque, conseguindo reassumir a dianteira somente na milha 26, passando seu compatriota Benjamim Paredes, e ganhar a maratona de 1994 por alguns metros. Com o estreitamento da pista, vejo à minha frente a figura do amontoado de cabeças, cada vez mais compacta. Apesar dos pelotões de elite já terem chegado há horas, o entusiasmo continua marcando o comportamento da massa que se aglomera para, ainda aqui, gritar palavras de incentivo e reconhecimento: "*Almost there*", "*Good job*". Vozes de homens, mulheres, crianças fazem coro nos últimos "*go, go, go*" que vou ouvindo para nunca mais esquecer. As faixas horizontais marcam, no alto, em uma rápida sucessão, a metragem decrescente para a chegada. Uma sensação de leveza toma conta de meus pés, que, agora, parecem não sustentar peso algum. Mercúrio, guia dos viajantes aventureiros, Deus da velocidade, com seu gorro e sapatos alados, poderia ter chegado um pouco antes. Muitos são os braços dos colaboradores a indicar o funil da chegada. Lá está a estátua em bronze de Fred Lebow, com seu quepe e seu uniforme de corredor, a olhar para o relógio de pulso, como a dizer: "Confira seu tempo!". Aplausos, só aplausos acompanham a imagem perfeitamente clara que tenho de meu pai segurando a mão levantada de seu filho criança a me esperar na linha de chegada. Cruzo-a, marcando com meu

chip, na esteira eletrônica, o final de um espaço de tempo que nunca saberei ao certo quanto durou. Não conheceu marcas defíniveis. Quando foi mesmo que começou? Será que irá terminar algum dia? Ainda tive um fiapo de razão para apertar, simultaneamente à chegada, o registro de meu cronômetro que o fez parar. Com um misto de orgulho, saudade, excitação, alívio e certa astenia, recebo, de um dos muitos colaboradores, o reconfortante agasalho aquecido que, desde 1977, envolve o corpo dos corredores após a chegada. Outros voluntários do setor nomeado "*hospitality*" logo em seguida teimam em fechar o agasalho com largas fitas adesivas. Os fotógrafos oficiais se esforçam para superar as dificuldades e registrar as imagens que serão depois ansiosamente buscadas para imortalizar, em milhares de paredes domésticas, essa imorredoura apoteose. A imagem vitoriana do antigo redil de carneiros, transformado no luxuoso restaurante Tavern on The Green, dá ao ambiente do final da maratona um toque de requinte e beleza, só superado pelo seu clima noturno, em que milhares de luzes há muito enfeitam as árvores do bosque ao seu redor.

Vou direto para a área de recuperação no espaço aberto e ensolarado do Sheep Meadow, tradicional gramado para piqueniques. Debaixo de uma emoção sem par, procuro obter rapidamente condições para receber a medalha acobreada, este ano com o formato de maçã em homenagem à cidade. Em meio a uma das palmas da mão, ela é alvo de meu olhar, que funde, a um só tempo, o projeto e o resultado, em um sincretismo sensorial cuja dimensão concreta de um passado de determinações e condicionantes se desfaz em um presente sem forma, inapreensível no vazio instantâneo de seu significado. Preciso de alguns minutos para escapar da abstração onírica e retomar o controle da reentrada no mundo de dimensões concretas. Seguro a medalha com força e, já recuperado emocionalmente, certifico-me de que ela está bem presa em meu pescoço, antes de sorver, talvez, o mais delicioso copo de água de minha vida! Nem me dou conta de já estar de posse da pequena sacola com frutas, outros alimentos e analgésicos.

Sento-me junto aos pés de uma grande árvore e confiro o meu relógio. Cruzei a linha de chegada às 15h22. Tempo líquido de corrida: 4 horas e 57 minutos. Fico surpreso com o resultado. A conferir amanhã, no website da NY Marathon, minhas performances reais, correspondentes ao meu lugar entre o total de corredores, meu lugar entre os homens e entre os homens com a minha idade, minha velocidade média, meu tempo oficial dos 10 quilômetros, da meia maratona, das 20 milhas, o tempo bruto desde a partida e o tempo líquido, correspondente à distância entre a linha de partida e a de chegada.

 Sobe-me pelo peito uma estranha reação fisiológica que traduzo por orgulho, contentamento, felicidade, sei lá mais o quê! À minha volta, uma legião de maratonistas. Uns andando a esmo, como que adormecidos. Outros, sentados ou esparramados no chão, a buscar a recomposição de um estado há muito perdido. Não são poucos os que, descalços, carregam nas mãos seus sapatos, como se esses fossem os verdadeiros troféus. É necessário cuidado com eles, pois trazem presos em seus cadarços os chips que serão devolvidos nos postos indicados por cartazes com as respectivas numerações. As tendas brancas da *medical area*, que fazem as vezes de ambulatórios, parecem ter um movimento acima do esperado. Não são poucos os que enfrentam problemas funcionais ou de contusão. Os voluntários intérpretes, com seus grandes chapéus cor-de-rosa e a indicação de seu idioma no peito, ouvem constantes apelos, em voz alta, de alguém das equipes médicas. Fico sabendo que o corredor

Geoffrey Kipsang Kamworor, do Quênia, que já havia vencido em 2017, venceu a prova cravando 2 horas, 8 minutos e 13 segundos, apenas 3 minutos e 7 segundos acima do recorde obtido pelo seu compatriota e xará Geoffrey Kiprono Mutai em 2011. Entre as mulheres, Joyciline Jepkosgei, também queniana, foi a campeã com o tempo de 2 horas, 22 minutos e 38 segundos, 7 segundos acima do recorde da compatriota Margaret Okayo, obtido em 2003. Com esses resultados o Quênia passou a ser, nas duas categorias, o país que mais levou o troféu em Nova York, com quinze e doze vitórias, respectivamente, no masculino e no feminino. Quando eles cruzaram a linha de chegada, eu ainda estava respirando o ar da rua Bedford, lá em Williamsburg, na altura da milha 10, mais ou menos. Enquanto uns correm a maratona pensando na marca de duas horas e alguma coisa, como os dos grupos de elite e subelite, outros tantos sonham em ser um sub-4, isto é, cruzar a linha de chegada antes de completar o tempo de quatro horas. Isso mostra que os sonhos dos diferentes podem ser iguais, desde que adequados ao "tamanho do sonho". No meu caso, eu sei que devo me contentar com minha insônia!

Meu desejo agora é um só. Ir ao encontro de minha família, que me espera no lugar combinado da West Drive, na área de reunião familiar, reservada para isso pela organização da maratona. Procuro os caminhões da UPS nos corredores indicados com cores e números para recuperar meus pertences deixados lá atrás na Staten Island. Tudo está em ordem. Meu chip não será devolvido. Vai comigo como mais uma lembrança. Paguei-o junto com minha sacola de identificação na antevéspera da corrida. Não vou me trocar. Quero que meus familiares me vejam como estou. É assim que quero sair nas fotos que tirarei com eles. É assim que quero ir para casa, para Greenpoint. Tenho que andar ainda um bom trecho do parque até a saída da rua 81, onde marcamos o encontro. Ali haverá mais espaço livre junto ao Museu de História Natural para as confraternizações.

"Karol, Karol", ouço ao longe meus familiares acenando. Por certo estão tão ansiosos como eu. Percebo logo a excitação de todos quando vêm ao meu encontro. Pensei que houvesse tido, ao cruzar a linha de chegada, minha emoção maior. Que nada! É esse o momento em que o sabor de todo o acontecimento supera tudo aquilo que se pudesse ter sentido até então. Nada conta mais que a solidariedade dos que nos conhecem. Dos que queremos bem. Nada vale mais que um abraço recheado de admiração, carinho, de reconhecimento, de gratidão, nascidos e solidificados no correr de uma histórica cumplicidade engendrada por uma vida de esforços, sacrifícios e tristezas, de abnegação e tolerância, de desprendimento, alegrias e prazeres, fraternalmente compartilhados pelos que se amam e se respeitam. Sou tomado nessa hora pelo sentimento sufocado que deve ter acompanhado cada um dos que tiveram que romper para sempre seus laços anteriores de identificação, como a maior parte dos imigrantes, "voluntários" ou não, aventureiros ou escravos, compelidos pela ganância ou pela miséria, que construíram essa e outras tantas terras. Meu pai, minha mãe, meus avós maternos. Que coragem, que capacidade de resignação! Essa medalha é nossa!!!

A entrada da estação do metrô da 81 está abarrotada de gente. Muitos maratonistas, ainda embrulhados nos agasalhos aluminizados, rodeados por amigos e familiares, dão a impressão de que a cidade é deles. As expressões e os tons elevados das vozes que compõem uma babel de sentidos, línguas, pronúncias, faz denotar uma alegria generalizada. Descemos as escadas abraçados em busca das plataformas da linha A ou C, que nos levará até a rua 14, no Village, para fazermos a conexão com a linha L, que nos deixará na Lorimer/Metropolitan, em Greenpoint, de onde iremos a pé para casa. As catracas estão liberadas para os maratonistas e familiares. Na verdade, estão liberadas para todos. O momento é de festa para a cidade, que recebe uma quantidade extraordinária de turistas especiais, que com certeza será maior na próxima maratona, pois a corrida completará cinquenta anos em 2020.[4]

O resto? É só festa! Uma festa que estará perpetuada em mim pelo eco que ouvirei, soldado em minhas entranhas, para sempre, como a lembrar que a vida é feita de desafios que se ganham ou se perdem, mas... que se enfrentam: *Go... Go... Go...*

---

4. Adiada para 2021 por causa da pandemia do coronavírus.

Esta obra foi composta em Janson Text LT Std 12 pt e
impressa em Pólen 90 g/m² pela gráfica Paym.